La tentation d'un roi

LELA MAY WIGHT

La tentation d'un roi

AZUR

HARLEQUIN

Collection : Azur

Titre original :
THE KING SHE SHOULDN'T CRAVE

HARPERCOLLINS FRANCE
83-85, boulevard Vincent-Auriol, 75646 PARIS CEDEX 13
Service Clients — www.harlequin.fr
ISBN 978-2-2805-1247-3 — ISSN 0993-4448

Édité par HarperCollins France.
Composition et mise en pages Nord Compo.
Imprimé en décembre 2024 par CPI Black Print (Barcelone)
en utilisant 100% d'électricité renouvelable.
Dépôt légal : janvier 2025.

MIXTE
Papier issu de sources responsables
FSC® C159065

Pour limiter l'empreinte environnementale de ses livres, HarperCollins France s'engage à n'utiliser que du papier fabriqué à partir de bois provenant de forêts gérées durablement et de manière responsable.

Prologue

— Tu n'as pas peur ?

— Jamais, répondit la princesse Natalia La Morte.

Son cœur battait la chamade, mais son rang et son orgueil lui interdisaient de trembler.

Sa servante et amie s'allongea dans le lit, à côté d'elle.

— Je me sens nerveuse.

— Ne t'inquiète pas, Hannah, nous avons fait cela mille fois.

— À partir d'aujourd'hui, c'est différent. Tu...

— Mais non. Ce matin, c'est comme d'habitude.

Le grand jour qu'elle attendait depuis si longtemps était arrivé. Elle avait vingt et un ans. Enfin. Sa destinée allait s'accomplir.

Elle caressa la joue de Hannah pour la rassurer.

— Repose-toi.

— Et si on vient plus tôt que prévu ? Si on découvre...

— Sois sans crainte. Cela ne s'est jamais produit. Il n'y a aucune raison pour que cela change.

Hannah hocha la tête.

— D'accord.

— Merci.

Natalia pressa un baiser sur le front de la fidèle confidente qui acceptait chaque jour de se glisser à sa place, lui permettant ainsi de s'échapper. Après avoir troqué sa chemise de nuit en soie et ses mules brodées contre un pantalon, une cape de laine grossière et des bottes, la princesse prenait la place de sa suivante.

— À tout à l'heure, dit-elle en partant.

Avec ces fugues matinales, elle honorait la mémoire de sa mère, cette femme courageuse et indépendante d'esprit qui avait perdu la vie en lui donnant naissance.

Natalia rabattit la capuche pour dissimuler son visage et circuler dans le palais sans se faire remarquer, comme n'importe quelle domestique. Elle se dirigea vers les écuries. Comme chaque matin, elle monterait son étalon dans la campagne environnante. Normalement, la princesse n'avait pas le droit de galoper, seulement aller au trot dans le parc de château. Elle ne devait courir aucun risque. Jamais.

Mais les chevaux avaient besoin de grand air et de liberté. Samson, à la belle robe noir corbeau, l'attendait, déjà harnaché par un palefrenier.

Natalia mit le pied à l'étrier, se hissa en selle et donna un léger coup de talon dans les flancs de l'animal qui se mit aussitôt à trotter.

Le palais où vivait la princesse n'avait ni remparts ni barreaux. Des chérubins souriants ornaient les façades en pierre. L'endroit qui paraissait idyllique n'en était pas moins une prison, avec des barrières invisibles entre elle et le monde, elle et son peuple.

L'amour et le chagrin de son père étaient ses geôliers.

Le roi la gardait prisonnière en veillant jalousement sur sa sécurité.

En cet instant elle se sentait libre, mais ce n'était qu'une illusion.

Ensuite, elle retournerait au château. Comme toujours. Elle remettrait sa chemise de nuit en dentelle et reprendrait sa place dans son lit.

Mais aujourd'hui sa servante ne repartirait pas. Ensemble, elles attendraient l'arrivée du bataillon de femmes de chambre pour les préparatifs du mariage. On habillerait Natalia dans des flots de satin blanc pour l'événement arrangé bien avant sa naissance.

Tête baissée, elle poussa l'allure de Samson. Il connaissait le chemin à travers les grands arbres, jusqu'à la clairière.

Serrant les cuisses et lâchant les rênes, elle conduisit l'animal vers l'endroit habituel, le sommet d'où elle apercevrait le lieu de sa destinée, loin à l'horizon.

Camalò.

Le palais était tout près de la frontière qui séparait les deux nations, au cœur des Alpes. Deux royaumes montagneux, aux pentes verdoyantes et aux pics neigeux s'élançant à l'assaut de l'azur. Mais les similitudes s'arrêtaient là.

Vadelto, où elle demeurait, était une prison d'amour et de chagrin, sous-développée et archaïque. Camalò, en revanche, tourné vers le futur, fascinait. Sillonné de routes, le pays s'enorgueillissait de constructions neuves, aux toits de tuiles rouges.

Le temps s'était comme arrêté à Vadelto parce que le roi s'était enfermé dans son deuil et ses regrets.

La mère de Natalia, éprise de progrès, avait voulu

tirer son peuple et son pays vers un âge nouveau, loin de l'obscurantisme. La lumière s'était éteinte à sa mort. Tous les changements qu'elle avait mis en œuvre étaient retombés. On avait bloqué les frontières, cadenassé les portes.

Il ne restait qu'un espoir à Natalia.

Se marier.

Ce jour était venu. Elle allait épouser un roi.

1

Debout devant l'autel, Angelo Dizieno avait conscience de ne pas être à sa place. Il n'aurait jamais dû porter la couronne. Il était le mauvais, le méchant qui avait failli à son devoir et abandonné son frère.

Luciano et lui étaient jumeaux monozygotes, identiques en *tous* points. Jusqu'à ce que la vie les sépare irrémédiablement.

Deux minutes avaient espacé leur naissance. Cent vingt secondes s'étaient écoulées entre l'arrivée des deux fils. L'héritier et… le suppléant. Chacun le savait et avait conscience de son rôle.

Une bile amère monta à la gorge d'Angelo tandis qu'il parcourait l'assistance des yeux, des rangées de monarques européens, de diplomates, de premiers ministres devant lesquels il allait accomplir son devoir.

Il était roi de Camalò, désormais.

Il n'aurait jamais dû en être ainsi.

Angelo n'était pas à sa place.

Ce mariage était sa punition. Prévu soixante-quinze ans plus tôt pour sceller l'alliance entre Camalò et Vadelto, il concernait son frère, pas lui.

Cette pensée obsédait Angelo, telle un reproche lancinant. La fiancée qui s'avancerait d'une minute à l'autre dans l'allée ne lui était pas destinée.

Pourtant, la princesse le hantait, depuis trois longues années. À la seconde où il l'avait aperçue, son visage l'avait ébloui et en même temps jeté dans un gouffre de ressentiment. Étouffé par la rancœur, il ne pardonnait pas à son jumeau d'être l'héritier légitime.

Il refoula son amertume.

C'est trop tard. Le mal est fait.

Il serra les mâchoires en réprimant ses émotions avec une fermeté qui lui avait manqué à l'époque, trois ans plus tôt. Ce jour-là, comme souvent, ils avaient interverti leurs rôles. Il jouait celui de son frère, le roi en titre.

Ils avaient échangé leurs places des milliers de fois avant ce jour-là. Angelo remplaçait souvent son jumeau pour mener des négociations, avec un charme et un savoir-faire inégalables. Ce traité de mariage vieux de plusieurs décennies ne semblait pas nécessiter une attention particulière.

Quelle difficulté aurait pu surgir ?

Angelo se débrouillait infiniment mieux que Luciano dans le domaine des relations diplomatiques. Il était plus doué, meilleur...

Meilleur roi ?

Sur le qui-vive, il se raidit.

Et si... ?

Il ne pouvait pas s'empêcher d'imaginer toutes sortes d'hypothèses ridicules. Et s'il n'avait jamais mis les pieds dans ce château d'un autre âge, plein de tourelles et de donjons ? Le lieu l'avait littéralement transporté dans un univers enchanteur de conte de fées.

Le vieux roi, le père de la princesse, avait pointé le doigt sur les jardins luxuriants, en contrebas. C'est alors qu'il l'avait vue. Celle que l'héritier du trône de Camalò ne devait pas rencontrer avant le jour de leurs noces.

Sa réaction avait été primitive, viscérale.

Elle est pour moi.

Tout habillée de mauve, ses longs cheveux flottant dans le dos, elle marchait dans un labyrinthe de verdure, effleurant doucement çà et là une fleur ou un rameau de feuillage.

Cette apparition l'avait bouleversé.

Il avait reconnu, dans sa démarche paisible, une sorte d'abandon, une indifférence tranquille, qui lui ressemblait.

Elle attendait son heure. Le moment venu, elle accomplirait son devoir sans se poser de questions.

Les négociations n'avaient pas traîné. La princesse Natalia épouserait Luciano trois ans plus tard, le jour de ses vingt et un ans.

Cette décision avait tout changé pour Angelo.

Il avait subitement compris ce qu'il n'avait jamais osé se formuler jusque-là. Il ne voulait plus tenir le rôle de son frère, mais prendre sa place, *être* lui. L'héritier. Les miettes ne lui suffisaient plus. Il voulait tout. Surtout, il la voulait, *elle*. Pour lui seul...

Les conclusions s'étaient immédiatement imposées. Il fallait partir, s'éloigner avant que la rancœur ne le consume tout entier et les détruise tous deux.

Angelo avait brutalement coupé toute communication avec son frère et le palais de son enfance, rejetant sans appel le lien invisible qui l'attachait à son jumeau. Par pur égoïsme, il avait refusé d'honorer son devoir et ses engagements.

Sa défection avait provoqué un véritable séisme qui avait ébranlé les fondements mêmes de son pays.

Il avait tout quitté sans préparation, sans organiser de transition pour ceux qui avaient besoin de lui. Sans passer le flambeau à quelqu'un qui le relayerait auprès de son frère.

Maintenant son jumeau était mort.

Et le royaume de Camalò était à genoux.

Son pays de naissance se décomposait parce que, sans lui, son frère avait fait de mauvais choix. Luciano n'avait pas été capable de poursuivre la dynamique qu'il avait initiée, trop radicale. Tout le monde avait souffert parce que Angelo avait convoité la princesse pour lui-même.

Il tourna la tête vers le fond de l'église quand la porte s'ouvrit sur la mariée, toute vêtue de dentelle blanche.

Natalia La Morte.

Son cœur s'accéléra.

Le sang battit contre ses tempes.

Tous les muscles de son corps se tendirent. Se durcirent.

Malgré son instinct qui lui commandait de détourner les yeux, il s'obligea à affronter l'instant avec la dignité qui seyait à son rang. Il fallait se comporter comme un roi, non en simple mortel, et oublier l'être humain qui avait chancelé trois ans plus tôt.

Elle approchait, le visage dissimulé par un voile.

Le temps n'avait pas émoussé les réactions d'Angelo. Il avait envie de voir ses lèvres, ses yeux... Tout son corps la réclamait.

Il plia les doigts pour les forcer à l'immobilité.

Une nervosité extrême l'habitait, à la limite du supportable.

Angelo n'arrivait pas à détacher les yeux de la jeune femme qui s'avançait en pleine lumière, pure et innocente, ignorante de la partie dont elle était l'enjeu.

Le bout de ses escarpins blancs dépassait des flots de tulle et de dentelle qui tombaient en corolle à partir de ses hanches, sur le tapis rouge. Ses mains gantées serraient un petit bouquet de fleurs.

Son existence avait précipité le cours de son destin en lui révélant une amertume qui le rongeait depuis longtemps. À présent, elle allait devenir sa reine.

Il n'avait d'autre choix que de respecter l'accord conclu de longue date entre leurs deux nations voisines. Leur union apporterait une paix durable à son pays durement éprouvé. Le peuple en récolterait les bénéfices et s'engagerait avec enthousiasme dans la voie choisie par leur monarque.

Ce monarque qui aurait dû être son frère si Angelo ne l'avait pas abandonné...

Quand la princesse arriva à sa hauteur, des effluves de fleurs d'oranger assaillirent ses sens. Comme mues par une volonté propre, ses mains saisirent un coin de voile pour le soulever.

Très délicatement, il découvrit la pointe du menton, la bouche en bouton de rose et des yeux magnifiques. Ses doigts s'immobilisèrent en frôlant ses tempes, et le voile retomba en arrière, par-dessus la tiare incrustée de diamants.

Ses prunelles vert émeraude l'ensorcelèrent. Un sang

ardent coula dans ses veines, avec la même violence que trois années plus tôt.

Elle était telle que dans son souvenir. D'une beauté à couper le souffle.

Mais ce n'était pas tant sa beauté qui le hantait que ce qu'elle symbolisait. Ils étaient tous les deux des pions dans une partie d'échecs qui leur échappait.

Cette ressemblance, jamais partagée avec son frère, tissait entre eux une complicité obscure, silencieuse. Jouets de la fatalité, ils s'apprêtaient à obéir à un destin qui les dépassait.

Lentement, il baissa le bras, en s'attardant malgré lui sur la douceur satinée de sa peau. Il ne pouvait pas s'en empêcher.

Il faillit même effleurer le bord de son décolleté.

À quoi songes-tu ?

Une brûlure lui picotait l'intérieur des paumes.

La princesse qui lui était autrefois interdite parce que promise à son frère allait devenir sienne...

Tournant résolument son attention vers le prêtre, il hocha la tête. Il refusait de céder au trouble.

Le devoir les appelait tous deux. Il se rendait à la nécessité qui commandait d'épouser cette femme pour honorer la promesse solennelle de son frère. Ensuite, il mettrait des distances. Il *l'oublierait*, pour se concentrer sur l'essentiel.

Ses responsabilités envers la Couronne et son peuple. En mémoire de son jumeau.

Mais elle, que deviendrait-elle ?

Une douleur aiguë le transperça. La culpabilité le rattraperait.

La princesse était si proche qu'il sentait la chaleur de son corps. Comme elle était petite ! Et si fragile...

Il réprima l'envie de lui prendre la main pour la rassurer.

Mais de quoi ?

Malheureusement, elle était aussi seule que lui, dans un monde hostile où ils demeureraient étrangers l'un à l'autre.

Il ne lui devait rien de plus que l'exécution de la promesse royale, c'est-à-dire une bague, une cérémonie, un changement de nom et l'alliance de leurs deux nations.

Il ne lui donnerait rien de plus et n'obéirait qu'à son devoir.

Les lèvres du prêtre remuaient, mais Natalia n'entendait rien. Qu'un chuintement à son oreille, et les palpitations de son cœur dans sa poitrine.

Elle avait envie de poser le bout des doigts sur sa peau, à l'endroit où le roi de Camalò l'avait touchée. Son être s'était comme embrasé à ce moment-là. La gorge nouée, elle avait croisé son regard chaud comme le miel.

Elle tremblait sous le tulle et la dentelle. Autant qu'en revenant d'une promenade au galop dans la montagne.

Que lui arrivait-il ?

Elle redressa les épaules en se concentrant sur le rituel de la cérémonie. Son trouble s'expliquait aisément. Son père ne l'ayant pas autorisée à faire la connaissance de son fiancé avant le jour du mariage, elle avait beaucoup fantasmé sur cette rencontre qui se concrétisait trop brutalement. Elle n'avait même pas eu le droit de voir des photos, ni d'échanger des lettres.

Il avait bien fallu se plier à l'autorité paternelle.

Son destin de princesse lui commandait d'obéir et d'épouser celui qui veillerait désormais sur elle.

Elle ne s'était pas formalisée des conditions particulières qu'on lui imposait. Seule importait la perspective d'épouser le roi dont elle contemplait chaque matin le palais par-delà la frontière.

Elle accéderait ainsi à la Couronne.

La bouche sèche, elle frissonna en respirant l'odeur de l'homme qui se tenait à ses côtés, un mélange boisé, aussi envoûtant qu'une promenade en forêt après la pluie.

Un léger vertige la saisit. Elle reconnaissait ce parfum, celui de l'aventure.

Son futur époux représentait tout ce à quoi elle aspirait. *La liberté.*

Elle était enfin sortie de sa prison dorée.

— Votre Altesse ?

Le prêtre, qui la fixait de ses yeux gris, pencha la tête.

— Vos gants, s'il vous plaît.

Une légère pression, sur sa taille, la surprit. Le roi la regardait attentivement. Il avait un beau visage, aux traits finement dessinés, avec un nez droit et une mâchoire carrée sous une barbe soignée.

— Permettez-moi, murmura-t-il.

Il dégagea chacun des doigts de sa main gauche, jeta négligemment le gant à terre et approcha l'anneau d'or de son annulaire.

— Prête ?

Paralysée par ce contact, Natalia marqua un temps d'arrêt. Elle n'avait jamais vraiment réfléchi à ce qui l'attendait. En tout cas pas à l'homme, seulement à *sa*

Couronne. Son père abdiquerait et elle régnerait. Mais elle n'était pas seule concernée. Ce mariage royal consacrait aussi l'union de deux pays.

Était-elle prête ?

Son peuple attendait ce moment depuis vingt et un ans parce que son père, dévasté par son chagrin, avait arrêté de vivre.

Le temps du changement était venu.

L'amour n'empêcherait plus la nation de suivre la voie du progrès. À l'instar de sa mère, Natalia réveillerait les esprits et se dégagerait enfin de la dette contractée à son égard.

— Je suis prête.

— Angelo Dizieno, roi de Camalò, consentez-vous à prendre pour épouse Natalia La Morte, princesse de Vadelto ?

— Oui.

— Natalia La Morte, princesse de Vadelto, consentez-vous à prendre pour époux Angelo Dizieno, roi de Camalò ?

Le moment fatal était arrivé.

— Oui

Le roi ajusta l'alliance sur son doigt.

— Vous pouvez embrasser la mariée.

Natalia retint sa respiration. Instinctivement, elle se hissa sur la pointe des pieds et plaça une main sur l'épaule d'Angelo. Si... *viril*.

Quand la caresse de ses lèvres sur sa bouche s'accentua,

une décharge d'adrénaline l'électrisa. Mais elle n'eut pas le temps de s'appesantir sur sa réaction.

— C'est fini, *principessa*, souffla-t-il à son oreille.

Elle plissa le front.

Pourtant, cela commençait à peine, non ?

2

Deux mois plus tard...

Natalia effleura du bout des doigts ses couverts en argent, disposés sur la nappe avec une précision implacable. La vaisselle de porcelaine bleue et blanche étincelait. Tout semblait figé, sans vie.

Elle plaça une main au centre de son assiette, appuya très fort, inspira en comptant jusqu'à dix, puis expira longuement.

Voilà. Elle était vivante. Comme s'il fallait une preuve supplémentaire, elle chiffonna sa serviette.

Non, elle n'était pas invisible.

Mais lui, où était-il ? Tous les soirs, depuis deux mois, Natalia réclamait une audience avec le roi. Chaque fois, on repoussait sa requête. *Il* refusait de la voir.

Elle persistait, en s'armant de patience.

Elle avait échangé une prison pour une autre. On la laissait libre de circuler à sa guise dans le parc et le palais, sauf dans l'aile ouest. Les appartements de l'ancienne reine lui étaient interdits d'accès.

Ainsi que le roi.

En l'espace de huit semaines, elle avait eu le temps de tout explorer et de prendre la mesure de son abandon.

Son mari et elle faisaient non seulement chambre à part, mais menaient des vies séparées.

Derrière ce mariage de façade, Natalia était plus seule que jamais. Tous ses espoirs de changement s'étaient effondrés.

Quelle naïveté… Le rouge aux joues, elle ravala un soupir de frustration. Son couronnement aurait lieu dans une semaine. Pourtant, son rêve reculait avec chaque jour qui passait. De nouvelles règles l'écrasaient. Elle ne pouvait rien faire sans l'assentiment du roi, cet homme qui avait effleuré ses lèvres d'un baiser étrangement inoubliable.

Natalia leva les yeux vers l'autre bout de la longue table rectangulaire. On n'avait pas dressé son couvert. Manifestement, sa chaise resterait vide…

La porte s'ouvrit sur le secrétaire particulier du roi. Elle se leva à son approche et l'arrêta d'un geste. Ce soir, il ne chuchoterait pas à son oreille.

— Le roi ne mange jamais ? lança-t-elle avec ironie, en brisant le protocole.

— Sa Majesté vous transmet ses excuses…

Elle secoua la tête. Il niait complètement son existence, comme si leur mariage n'avait absolument aucun poids. Si elle ne réagissait pas, son seulement sa vie deviendrait infernale, mais il lui faudrait dire définitivement adieu à ses rêves, oublier les idéaux de sa mère, abandonner son peuple.

— Menez-moi jusqu'à lui.

— Votre Altesse… C'est impossible.

— Dans ce cas, je le trouverai moi-même.

Il écarquilla des yeux effarés.

— Le roi...

— Ne peut pas refuser de voir son épouse.

Navrée de devoir être impolie, elle passa fièrement devant lui. Le temps pressait. Elle pouvait consulter la myriade de conseillers pour corriger son discours du trône, mais seul comptait l'agrément de son mari.

Ignorant les tentatives du secrétaire particulier pour lui barrer le passage, elle se hâta de traverser le hall. Les portraits sévères pendus aux murs semblaient exprimer leur réprobation. Elle s'en moquait. Tant pis pour les traditions protocolaires.

Natalia s'arrêta devant son bureau et se redressa. Le dos bien droit, elle ouvrit la lourde porte en chêne et entra.

Sa respiration se bloqua dans les poumons quand elle se retrouva en sa présence. Il l'hypnotisait. Littéralement.

Ses cheveux noirs peignés sur le côté descendaient jusqu'aux oreilles, avec une mèche qui retombait négligemment sur le front. Ses lèvres pleines, sensuelles, la fascinaient...

Le col de sa chemise noire laissait entrevoir la toison de son torse viril. Elle eut envie de caresser ses épaules larges, ses bras puissants...

Il leva les yeux à son approche et s'immobilisa, le stylo en l'air. Un rayon du couchant illumina ses yeux mordorés, et Natalia resta clouée sur place.

Le temps s'arrêta.

Tout son être se révolta contre les sensations que cet homme suscitait. Trop intenses, trop... physiques. Elle redoutait ce qui pouvait arriver entre elle et *lui*.

Elle prit les devants avant que sa bonne éducation

la réduise au silence et ne la condamne à n'être qu'une marionnette manipulée par des hommes au pouvoir.

— J'ai besoin de vous parler, déclara-t-elle d'une voix rauque.

— Eh bien, prenez rendez-vous, répliqua-t-il en recommençant à écrire.

Il la renvoyait, purement et simplement.

— Votre Majesté..., intervint le secrétaire en les rejoignant. Je suis désolé...

— Laissez-nous, commanda le roi.

La porte se referma. Ils étaient seuls tous les deux pour la toute première fois.

— Que voulez-vous, *principessa* ?

Elle retint son souffle quand ses yeux de miel liquide la dévisagèrent. Les mots s'étranglèrent dans sa gorge.

Elle avait réclamé son attention. Il la lui accordait et attendait sa réponse.

La politesse exigeait qu'elle présente des excuses. Mais elle avait dépassé ce stade. Faisant fi des bonnes manières, elle s'assit sur une chaise en face de lui sans y être invitée.

Il n'était pas question de reculer ni de baisser la garde. En même temps, il ne fallait pas trop brusquer les choses. Elle se sentait menottée et ne parviendrait pas à briser ses chaînes du jour au lendemain pour se libérer.

Elle se gratta la gorge. De toute façon, elle n'avait rien à perdre et tout à gagner.

— J'ai besoin de votre aide.

Son armure se fendillait avec cet aveu, mais elle s'obstina vaillamment et sortit de sa poche les feuillets sur lesquels elle avait rédigé son discours. Elle les déplia, puis se pencha et les plaça devant lui.

— Et je ne partirai pas avant de l'avoir obtenue.

Personne n'avait besoin de lui.

Elle mentait. *Éhontément.*

Angelo grinça des dents.

— Vous êtes bien présomptueuse, *princesse*, répliqua-t-il en anglais, en insistant bien sur l'infériorité de son rang. Contrairement à lui, elle n'était pas encore couronnée.

— Lisez.

Sa voix suave fit se dresser les cheveux sur sa nuque.

— Non.

Passant les doigts dans ses cheveux, il refusa de prendre connaissance du texte écrit à la main, pas à l'ordinateur, ni dicté à un secrétaire ou un conseiller.

Il n'avait pas envie de se familiariser avec son écriture. C'était trop personnel. Il préférait la neutralité.

Naturellement, il s'attendait à parler avec elle. Il ne se déroberait pas éternellement aux conversations.

Devrait-il aussi aborder le sujet de la nuit de noces qu'il évitait soigneusement ?

Il s'était préparé à l'impact des sensations qu'elle ne manquerait pas de susciter en lui. Son odeur, la délicatesse de ses traits, la musicalité de sa voix...

Néanmoins, son apparition le prenait de court. Elle arborait une longue robe chemisier au décolleté en V, très sobre. La princesse Natalia avait une personnalité complexe et affirmée. La situation, en revanche, était simple. Ils s'étaient mariés par intérêt, pour sceller l'alliance entre leurs peuples. C'était un mariage de façade, de pure convenance.

— Jetez-y au moins un coup d'œil, reprit-elle.

— Votre journal intime ne m'intéresse pas.

— Vous vous trompez. Il ne s'agit pas de notes personnelles.

Angelo avait envie de toucher les jolies boucles brunes qui paraient son front et son cou.

— Même si c'était le cas, n'avez-vous aucune curiosité ? insista-t-elle en rougissant légèrement. Vous ne vous souciez donc pas de connaître la femme que vous avez épousée et reléguée à l'autre bout de votre palais ?

Il pinça les lèvres. Ces reproches à peine voilés le piquaient au vif, mais il refusa de céder à la honte et l'amertume.

Si elle avait su... En réalité, il aurait voulu tout connaître d'elle, jusqu'aux détails les plus intimes. C'était un rêve fou qui le poursuivait depuis longtemps. Trois ans.

— Non, prétendit-il avec une fausse assurance.

Il posa fermement ses paumes de main sur la table. Il avait appris à dompter son désir et possédait un self-control à toute épreuve.

Malgré tout, son corps, parfois, lui jetait des défis douloureux qu'il avait bien du mal à maîtriser.

— Comment expliquer une telle indifférence ? railla Natalia.

Il fronça les sourcils.

— Vous n'êtes tout de même pas naïve à ce point, princesse ? Vous comprenez tous les tenants et aboutissants de notre association ?

N'avait-il pas clairement explicité la situation en

établissant d'emblée des limites infranchissables ? Ils demeureraient à jamais des étrangers, avec leurs seuls titres de roi et reine en partage.

Il l'évitait avec soin depuis la cérémonie afin de lui signifier ostensiblement sa conception de leur mariage.

Le regard de Natalia s'assombrit.

— Je sais ce que cela représente pour *moi*, répliqua-t-elle.

Agacé par le tour que prenait la discussion, Angelo résolut de mettre les points sur les *i*. Manifestement, il fallait énoncer plus franchement quelques principes de base.

— Vous manquez peut-être de lucidité..., commença-t-il.

Il avait toujours regretté que son père ne communique pas davantage avec lui. Si son rôle au sein de la monarchie avait été mieux défini, il ne se serait sans doute pas exilé et aurait continué à œuvrer auprès de son frère pour le bien de tous.

— Notre mariage, purement symbolique, scelle l'union de nos deux pays, rien de plus. Nos ancêtres l'avaient décidé bien avant notre naissance, indépendamment de notre désir ou notre volonté. Mon frère et votre père avaient ratifié ce traité d'un commun accord et nous nous retrouvons malgré nous liés par ce contrat. Pour le peuple. Par devoir.

— J'ai conscience de mes responsabilités envers mon pays, déclara Natalia. Je comprends parfaitement que nous n'avons aucune obligation l'un envers l'autre. Nous sommes avant tout roi et reine.

Il refoula à grand-peine le désir insensé de la prendre par les épaules pour apaiser les tensions sous-jacentes.

— Voilà. Très bien.

Il camperait avec une fermeté inébranlable sur ces positions. Peu importe ce que voulait la jeune femme venue réclamer son aide.

Il ne bougerait pas d'un iota. Son expérience avec son frère lui avait servi de leçon. Il avait fait fausse route en donnant à Luciano l'illusion qu'il serait toujours à ses côtés. Finalement, il n'était pas du tout altruiste ni désintéressé, mais foncièrement égoïste, avide de pouvoir... usurpateur de Couronne.

— Je comprends parfaitement, reprit-elle de sa douce voix si mélodieuse. Nous n'avons nul besoin d'établir une relation personnelle, même s'il nous faudra un jour envisager d'avoir des enfants pour poursuivre la lignée. Continuez à faire comme si je n'existais pas en attendant le moment où vous voudrez concevoir un héritier.

Un héritier. Le mot résonna bizarrement dans l'esprit d'Angelo. Presque aussitôt, un autre surgit. *Suppléant.*

— Même alors, ajouta-t-elle, il suffira d'avoir des rapports pendant mes périodes de fécondité. Nous sommes jeunes tous les deux. Heureusement, nous avons de longues années devant nous...

— Où voulez-vous en venir ? coupa-t-il sans cacher son irritation.

— Vous ne me devez rien, rassura-t-elle.

— Exactement, trancha-t-il avec une assurance qu'il était loin de ressentir.

En réalité, il lui était redevable. Ils se retrouvaient dans cette situation à cause de lui. Elle aurait dû épouser son frère. Pas lui.

Natalia baissa les yeux sur le feuillet déplié sur le bureau. Malgré lui, il admira la blancheur de son front, l'élégance de son nez... Il sursauta quand elle redressa brusquement la tête.

— Je me dois malgré tout à mon peuple, dit-elle. Lisez, s'il vous plaît.

S'il vous plaît. Ces simples mots avaient une force incroyable.

Un soupir échappa à Angelo. Devant elle, ses bonnes résolutions le désertaient...

S'obligeant à l'immobilité, il plongea les yeux au fond des siens. La princesse était décidément trop obstinée. N'avait-elle pas saisi le message ?

Plus elle s'attardait dans cette pièce, plus son corps menaçait de le trahir.

Elle ne pouvait pas être à lui. Pas de la façon qu'il voulait...

Il s'imagina à genoux, en train de soulever sa jupe à la recherche du cœur battant de sa féminité.

Non !

Il tendit la main vers la feuille de papier couverte de son écriture. Quel mal y aurait-il à lire ces quelques centaines de mots ? Ensuite, elle partirait et le laisserait en paix.

Il se leva, fit le tour de la table et lui redonna le feuillet.

— Lisez votre texte à voix haute, *principessa*.

Il avait eu tort de s'approcher. Son parfum, subtilement fleuri et vanillé, le troublait.

— J'attends, dit-il en s'appuyant contre le bureau pour se donner une contenance.

— Mais d'abord... Savez-vous à quoi ressemble mon existence entre ces murs ?

Il croisa nonchalamment les chevilles.

— Naturellement. Je vis également ici.

Elle ignorait tout de la bataille qu'il livrait quotidiennement contre lui-même pour oublier sa présence...

— Savez-vous à quoi ma vie ressemblait à Vadelto, avant d'arriver dans ce château ? reprit-elle.

Sa question lui fit l'effet d'un coup de poing à l'estomac. Elle avait vécu en recluse et il l'isolait à son tour, complètement. Il la cadenassait... Sans aucun égard.

Tu la traites aussi mal que ton frère.

En réalité, la situation était très différente. Luciano comptait sur lui, alors qu'il n'avait rien promis à Natalia. Seuls son peuple et son pays lui importaient.

— En quoi cela devrait-il m'intéresser ? lança-t-il sèchement. C'est de l'histoire ancienne puisque vous habitez désormais ici, à Camalò.

— Eh bien, c'est du pareil au même. Rien n'a changé. On s'occupe de moi dès le réveil. On me coiffe et on m'habille comme si j'étais une poupée de porcelaine.

— Réagissez, si cela vous déplaît. Rien ne vous oblige à subir.

— Ne faites pas semblant de ne pas comprendre. J'essaye de vous expliquer pourquoi je suis déçue. Malgré la fête du couronnement qui se profile à l'horizon, je me sens écrasée par le poids de la tradition.

— La royauté ne peut pas y échapper.

— Je n'ai même pas le droit de m'aventurer hors du parc. On m'interdit d'aller dans le monde avant d'être sacrée reine. À cause de règles stupides édictées dans un autre temps, je ne jouis pas de mon libre arbitre en tant qu'épouse du roi. Même en tant que reine, je devrai allégeance à mon seigneur et maître.

— Rassurez-vous, je ne vous imposerai pas d'exigences despotiques.

— Je serai néanmoins assujettie à la loi, à des usages qui datent d'un âge révolu ! Sauf si...

— Si quoi ?

— Si vous initiez des réformes.

C'était un profond désir de changement qui avait poussé Angelo à l'exil. Il en avait assez de rester dans l'ombre, comme une éminence grise, influent mais invisible. Cette décision avait aussi causé la perte de son frère...

Natalia pencha la tête, et ses boucles brunes retombèrent en cascade sur ses épaules. Il eut envie d'enfouir les doigts dans cette masse soyeuse.

— C'est mon discours d'intronisation, déclara-t-elle en désignant le papier posé sur ses genoux.

— Que dit-il, princesse ?

— J'y explique mes intentions, ce que je veux faire en tant que reine.

— C'est-à-dire ?

— Libérer mon peuple.

— Vos sujets ne sont pas prisonniers, même si les frontières sont fermées. Vous formez une nation indépendante.

— Archaïque et rétrograde.

— Il ne suffit pas de décréter le changement pour le faire advenir comme par magie.

Elle redressa le menton avec détermination, dans une posture pleine d'élégance.

— J'exercerai un pouvoir réel et j'annoncerai des mesures précises, à commencer par le permis de conduire pour tous et l'accès à l'éducation. Une éducation de qualité, au-delà du niveau élémentaire, qui forme les esprits et les âmes. Je veux apporter le bien-être économique, mais aussi toucher le cœur des gens.

— Comme une princesse de conte de fées ? ironisa-t-il.

— Ce n'est pas ridicule de rêver à un monde meilleur.

Dans son for intérieur, Angelo savait qu'elle avait raison. Lui aussi avait rêvé de changer le monde, à une époque...

Il se leva et se saisit du papier.

— Bien, je vais le lire.

Le discours énonçait dans les grandes lignes des projets ambitieux dans tous les domaines, école, transports, commerce, logement... comme si un claquement de doigts ou un coup de baguette magique pouvait hisser Vadelto au niveau d'excellence de Camalò.

— Vous allez effrayer tout le monde, commenta-t-il. C'est trop soudain, trop révolutionnaire.

— Pas du tout. Au contraire, les gens vont recommencer à espérer après avoir vécu dans la peur et l'ignorance.

Elle avait du cran, reconnut Angelo. Pourtant, il la mit en garde.

— Le progrès procède d'une évolution graduelle, pas d'une réorganisation brutale. Votre couronnement marquera le début d'une ère nouvelle, mais il faudra du temps pour réaliser toutes les améliorations dont vous rêvez. Vous devrez vous montrer patiente.

— J'en ai assez d'attendre.

Elle s'écarta et se mit à faire les cent pas, nerveusement.

— Ma mère souhaitait déjà ces changements. Elle avait convaincu mon père de rouvrir les frontières, d'innover, de développer l'accès à Internet.

— Vous avez pourtant refusé mon offre de vous aménager un bureau avec une connexion Internet.

Sur le moment, il avait accueilli sa réaction avec soulagement. Elle n'aurait pas la tentation de fouiller dans son passé de débauché... Un jour ou l'autre, ses frasques de célibataire lui reviendraient forcément aux oreilles, mais le plus tard serait le mieux.

Quelle importance, de toute façon ? Il avait depuis longtemps quitté ce style de vie dépravé.

Ses conquêtes éphémères ressemblaient toutes étonnamment à l'inaccessible Natalia La Morte. Il se vengeait comme il pouvait de ne pas occuper la première place, celle qui lui aurait permis de régner et d'épouser la princesse promise à l'héritier du trône.

Ironiquement, la mort de Luciano avait rebattu les cartes.

À présent, il regrettait amèrement de s'être comporté comme un sale égoïste...

La voix de Natalia le ramena au présent. Cette femme le dérangeait, avec ses interventions intempestives.

— Je n'ai pas l'utilité d'Internet pour le moment. J'ai mes livres. Cela me suffit. Peu m'importe ce qui se passe ailleurs pour savoir ce que je dois faire. De toute manière, ma mère avait déjà tout planifié. Il faut juste appliquer son programme. Ma mère est une véritable légende, à Vadelto. Elle était...

— Vous voulez lui ressembler ? C'est votre modèle ?

— Malheureusement, je ne serai jamais à sa hauteur. Elle est morte en me donnant naissance et je lui dois de réaliser ses projets. Je le dois aussi à mon peuple qui a souffert un terrible deuil à cause de moi.

Angelo était sans voix. Il avait l'impression de se voir en miroir. Leurs situations étaient symétriques, comme des pièces de puzzle qui se complétaient...

Non.

— Vous pouvez m'aider à briser les chaînes d'une tradition séculaire, continua-t-elle.

— Non. Je suis opposé à tout changement brutal, trop radical.

Son départ précipité de la Cour avait causé une tragédie et la mort de son frère. Il fallait dorénavant prendre le temps de la réflexion avant d'agir.

— Votre peuple n'est pas prêt...

— Je ne suis pas d'accord, protesta Natalia. Mes réformes amèneront mon pays au même niveau de développement que le vôtre. Il n'y a pas de quoi s'inquiéter. Il faut s'en réjouir, au contraire.

— Vous avez tort. Ne bouleversez pas trop vite les habitudes des gens. Ils seront perdus.

— Mon discours est une déclaration de foi et d'optimisme en faveur de l'union de nos deux nations. Tout le monde retirera des bénéfices de notre mariage.

Angelo se mit à marcher lui aussi de long en large.

— Si vous occupez le devant de la scène d'une manière aussi mélodramatique, vous mettrez en péril mes propres objectifs, qui sont de restaurer le calme et la stabilité dans mon pays.

— Vous avez peur, en fait !

— Notre infrastructure économique se relève juste après une période d'instabilité, avoua-t-il. Un bouleversement trop violent serait fatal, pour vous comme pour moi. Il faut agir avec douceur, prendre son temps. Trop de libertés, trop vite, peuvent faire beaucoup de mal.

— Pourquoi ?

— Camalò n'a pas seulement souffert au plan économique. La mort de mon frère, l'année dernière, a traumatisé mon peuple. Je m'en voudrais de raviver des douleurs récentes et d'y ajouter l'incertitude face à l'avenir.

— Votre frère est *mort* ? Je suis désolée. Sincèrement.

— Quel jeu jouez-vous ?

— Pardon ?

— Comme si vous n'étiez pas au courant...

— Je l'ignorais, je vous assure.

— Cela paraît invraisemblable. En tant que princesse de Vadelto, promise en mariage depuis sa naissance au monarque du royaume voisin...

— Je sais seulement que j'ai épousé le roi de Camalò, comme prévu. Le reste est... *était*... sans importance.

— Sans importance ? répéta Angelo, consterné.

— Pardon si je vous inflige une vérité blessante. Je n'ose imaginer ce que j'éprouverais si quelqu'un me parlait ainsi de la mort de ma mère. Malheureusement, c'est la vérité. Je... J'ignorais jusqu'à votre nom. Mon père n'avait pas jugé nécessaire de me le communiquer. L'essentiel était que j'épouse le roi... qui est là devant moi, ajouta-t-elle doucement.

Trop doucement.

Jusqu'à aujourd'hui, elle ne savait donc rien de la situation...

Cela remettait les choses à leur place. Natalia n'accordait pas d'importance à l'homme, mais à la fonction. Ce n'était pas l'aide d'Angelo qu'elle réclamait, mais celle du souverain.

— C'est moi le roi, en effet, assura-t-il avec une certaine emphase. Il est de ma responsabilité d'aplanir les difficultés qui surgiraient devant vous. Nous appliquerons *ma* méthode, *principessa*. Je ne refuserai pas à votre peuple la prospérité dont mes sujets bénéficient déjà. Mais nous suivrons la voie de la raison, sans précipitation.

Naturellement, ils redistribueraient largement et en toute équité les bienfaits du progrès entre tous.

— Acceptez de me guider dans ma tâche, répliqua-t-elle modestement.

Elle t'offre peut-être une chance de te *racheter*...

Pendant qu'il s'absorbait dans ses réflexions, Natalia s'approcha de la fenêtre et tira les rideaux. La clarté de la lune illuminait le parc. Distraitement, elle promena le bout des doigts sur une table basse.

— Ne touchez pas à cela ! s'écria Angelo quand elle effleura une lampe à huile.

Cette réplique d'un objet ancien avait appartenu à sa mère et c'était l'un des rares souvenirs qui lui restait. L'original avait été furieusement fracassé contre un mur par leur père, un jour de colère. Le vieux roi avait giflé Luciano, qui avait éclaté en larmes. Angelo n'avait pas eu le temps de s'interposer comme il le faisait d'habitude pour s'accuser et se faire punir à la place de son jumeau.

— On ne pleure pas pour des broutilles, avait tonné le roi Anton. Il ne faut pas s'attacher aux objets. C'est du sentimentalisme et de la sensiblerie. Ta mère nous a quittés. Ce qui lui appartenait ne présente plus aucun intérêt.

Angelo esquissa un sourire aigre-doux. Son père, qui l'avait toujours dénigré, n'aurait pas supporté de le voir régner. Le roi Anton lui préférait l'héritier légitime, sans se rendre compte que Luciano avait besoin du soutien et des conseils de son jumeau.

À la suite de cet épisode, Angelo, avec l'aide des domestiques, avait fait fabriquer une réplique de la lampe à huile pour l'offrir à son frère. Le bibelot avait pris une signification très particulière...

— Pourquoi ? demanda Natalia, étonnée.

La gorge d'Angelo se noua. C'était devenu un rituel entre son frère et lui. Quand ils l'allumaient, ils avaient de longues conversations, qui duraient parfois toute la nuit.

Il se dirigea vers Natalia. Mais trop tard. Elle avait gratté une allumette.

— Elle marche très bien.

Il lui prit le poignet. Une décharge électrique remonta le long de son bras, jusqu'au cœur.

— Je vous ai dit de ne pas y toucher ! C'est un souvenir. Un symbole !

Il hésita à expliquer davantage le petit cérémonial qui s'y rattachait et l'avait aidé à survivre. Le contact de Natalia l'irradiait, littéralement.

— Tant que la flamme brûle, je peux oublier.

— Oublier quoi ?

Elle se rapprocha, tout près. Sa chaleur, son odeur, le troublaient intensément. Insensiblement, leurs deux respirations se mêlèrent.

— Qui je suis, murmura-t-il.

Le rituel s'accomplit malgré lui, par la seule vertu du souvenir, ou une sorte de réflexe naturel. La petite lumière lui permettait de s'abandonner sans réserve, et en toute franchise, à ses pensées et ses émotions.

— C'est-à-dire ? demanda Natalia.

La règle commandait de répondre en toute honnêteté.

— Je redeviens homme. Tout simplement.

Brusquement, l'attirance qu'il ressentait pour cette femme le submergea. L'envie de la toucher, de la goûter, devenait irrésistible.

Elle perçut son trouble, à ses épaules rigides, sa respiration altérée.

— Qu'êtes-vous, le reste du temps ? souffla-t-elle.

Elle posa sa main libre sur son torse, comme si elle avait besoin d'éprouver sa réalité.

— Un roi, déclara-t-il gravement.

— Mais pas quand la lampe est allumée ?

— Non. Je ne suis alors qu'un simple mortel, en proie aux doutes et aux hésitations, comme tout le monde.

C'était précisément en train d'arriver. Il oubliait son rang, le passé, tout. Sauf *elle*.

Il fallait rompre le charme, reprendre pied.

— Mais pas en ce moment. Je reste vigilant, dit-il pour se convaincre lui-même.

Il lâcha son poignet, mais elle laissa sa paume sur son torse. Ce contact le brûlait à travers sa chemise.

— Partez, commanda-t-il.

— Pourquoi ?

— Vous ne comprenez pas de quoi je parle.

Il recula en essayant de se dégager. Vainement.

— Allez-vous-en, maugréa-t-il.

Son ordre sonnait plutôt comme une invitation à rester...

Natalia se hissa sur la pointe des pieds. Il huma son odeur avec délices. Elle sentait les jonquilles au printemps.

— Non, je ne veux pas, chuchota-t-elle.

Il ne voyait plus que ses lèvres roses, entrouvertes.

— *Oh...*

Elle étouffa une plainte tout contre sa bouche.

Il ne la repoussa pas. Il en était incapable, malgré la sonnette d'alarme qui résonnait sourdement au fond de lui.

Il enfouit les doigts dans sa chevelure et s'abandonna à son baiser. Quand elle agrippa sa chemise pour l'attirer plus près, il obéit sans l'ombre d'une hésitation.

L'atmosphère s'alourdit.

Leurs langues se mélangèrent, et ils se pressèrent l'un contre l'autre, avidement. Natalia le prit par les épaules, et il se mit à trembler...

Puis, tout à coup, elle le repoussa, si violemment qu'il chancela sur ses jambes. Aussi brusquement qu'elle l'avait embrassé, elle tourna les talons et s'échappa.

— *Natalia !*

Elle était déjà partie.

Sur le point de s'élancer à sa poursuite, Angelo s'immobilisa.

Il ferma les paupières et s'efforça de calmer sa respiration. Elle s'était insinuée en lui par tous les pores de la peau. À présent, c'était comme si elle coulait dans ses veines.

Il avait rompu son serment.

Comment avait-elle réussi à se glisser sous son armure ?

Qu'avait-il fait ?

Il ravala sa honte et son dégoût.

Tu as perdu ton self-control.

La visite surprise de la princesse l'avait déstabilisé...

Il sortit dans le couloir et appela Thomas, son secrétaire particulier. À présent, son devoir lui apparaissait clairement. Ils devaient trouver un terrain d'entente, un compromis. Il fallait absolument dépasser l'incident et revenir à une neutralité acceptable.

— Conduisez-moi aux appartements de la princesse, ordonna-t-il.

3

Instinctivement, Natalia se hâtait dans les couloirs.

Il ne la suivait pas. Pourquoi se dépêchait-elle ?

Son cœur battait à tout rompre. En réalité, elle ne cherchait pas à échapper à Angelo ni à leur baiser fou. Elle se fuyait elle-même. Comme pour mieux se perdre, elle se dirigea vers la partie du palais qu'on lui avait défendue.

Fatiguée d'obéir, encore et toujours, elle se laissait aller à ses propres désirs, ses propres besoins, bouleversants et terrifiants.

Natalia s'immobilisa au pied du grand escalier en pierre qui menait aux appartements privés de l'ancienne reine.

À partir de là, elle pénétrait en zone interdite.

*C'est l'interdit qui t'attire, n'est-*ce pas ? Comme avec lui...

Le rouge lui monta aux joues.

Elle avait cédé à un désir irrépressible. Incapable de résister, comme attirée par un aimant invisible, elle s'était approchée pour le toucher. Se hissant sur la pointe des pieds, elle avait pressé ses lèvres sur les siennes et dérobé un moment de vérité... pour elle-même.

Ce baiser volé avait aboli les convenances. Il n'y avait

plus ni roi ni princesse, seulement un homme et une femme.

Son cœur battait encore très fort dans sa poitrine.

Il l'avait pourtant mise en garde, avait reconnu tout de suite les signes du danger. Les frissons, sur son poignet, avaient remonté le long de son bras, puis gagné tout son corps, jusqu'à lui faire oublier son rôle et ses responsabilités. Elle avait juste eu envie de s'abandonner à la chaleur qui l'envahissait.

À ses sensations.

Pour la première fois de sa vie, ce n'était pas le regret ou la culpabilité qui l'avaient menée, mais son instinct de femme, incoercible.

Son devoir de reine attendrait. L'urgence lui commandait d'embrasser cet homme.

Et il l'avait embrassée en retour, avait glissé sa langue dans sa bouche. Une douce euphorie s'était répandue dans tout son être.

Elle avait brusquement recouvré ses esprits en sentant son érection contre son ventre. La peur de l'inconnu avait brisé le cocon protecteur. Elle s'était enfuie. Très vite. Loin de lui, d'elle-même et de ce désir mystérieux.

Deux heures plus tard, la peur ne l'avait pas quittée. Elle errait dans le palais tout en réfléchissant à ses réactions envers cet homme qui l'écrasait de son indifférence.

Il était pourtant sorti de cette prétendue indifférence...

Natalia était parvenue dans le grand salon de l'aile interdite. Tout au bout, un escalier imposant attisa sa curiosité. Où descendait-il ? Son pied se posa sur la première marche. Pourquoi lui refusait-on l'accès à ces appartements ? N'était-elle pas chez elle dans ce château où elle demeurait désormais ? Elle avait besoin de se réfugier dans un endroit où personne ne la dérangerait, pour être seule avec ses pensées.

Malgré sa froideur apparente, Angelo n'avait pas repoussé ses avances. Que cachait ce comportement énigmatique ?

Elle se retrouva devant une lourde porte en bois massif qui grinça sur ses gonds quand elle la poussa pour se glisser subrepticement à l'intérieur.

Il y avait des fleurs *partout*. De toutes les couleurs. Des plantes grimpantes serpentaient sur les murs dans une luxuriance savamment orchestrée.

C'était un jardin secret.

Des dalles de mosaïque conduisaient à un bassin couvert de nénuphars. Au-dessus, on apercevait le ciel piqueté d'une myriade d'étoiles à travers une coupole en verre.

— Vous vous cachez, princesse ?

Elle sursauta en scrutant l'obscurité. La voix semblait sortir de l'ombre.

Angelo apparut sous une arche. Par où était-il entré ?

— Ou vous êtes perdue ?

— Non, souffla-t-elle en maîtrisant son affolement. Et vous ?

— Je sais exactement où je suis. Vous ne devriez pas vous trouver là.

— Pourquoi ? protesta-t-elle en refusant de se laisser intimider. Quel est cet endroit ?

Elle tremblait encore au souvenir de ses lèvres, mais était bien déterminée à faire semblant de rien.

— Une ancienne salle de bains. C'était là qu'on préparait la reine pour la nuit, autrefois... Elle l'a transformée en jardin d'agrément après notre naissance, à mon frère et moi. Elle n'en avait plus l'utilité.

— Je ne comprends pas...

Elle se tut, mal à l'aise sous le regard d'Angelo qui la considérait en silence.

— La reine signifiait ainsi à mon père qu'elle avait accompli son devoir et ne voulait plus le rejoindre dans sa chambre.

Natalia s'empourpra en imaginant la couche royale. Devrait-elle un jour en passer par là pour donner un héritier à la Couronne ?

— Qu'est-elle devenue ?

— Elle est partie.

— Elle est toujours vivante ?

Angelo haussa les épaules.

— Peut-être.

— Vous n'en savez rien ?

— Non. Cela m'est indifférent.

— Dans ce cas, pourquoi prenez-vous autant soin de cet endroit ?

— Je ne m'en occupe pas. Tout est automatisé et les domestiques se chargent du nettoyage.

— Vous le conservez en l'état pour préserver la mémoire de votre mère ?

— Ce lieu me rappelle trop de souvenirs. Il est hanté.

— Très beau aussi.

— La beauté vous touche, *principessa* ?

— Comme tout le monde.

— Certains y sont plus sensibles que d'autres. Parfois, la tentation de la beauté est irrésistible. Un instinct primitif nous pousse à l'explorer, la posséder.

Que sous-entendait-il ? Natalia se mit à trembler.

— C'est pour cela que vous m'avez rendu mon baiser ?

— Je le regrette...

— Ne vous excusez pas.

Elle n'était pas certaine de vouloir poursuivre cette conversation.

Quoi qu'il en soit, il n'était pas responsable d'un baiser qu'elle avait commencé.

— C'est moi qui vous ai embrassé, chuchota-t-elle.

— Je n'aurais pas dû répondre, répliqua-t-il.

Son insistance la blessait confusément dans sa féminité.

— Vous veniez réclamer mon aide, reprit-il. Il est de mon devoir d'accéder à votre requête. J'aurais dû faire plus attention à vous, ces deux derniers mois. Je crains de vous avoir négligée.

— Vous étiez pourtant inflexible, tout à l'heure. Pourquoi changez-vous d'attitude ?

— Peu importent mes raisons. Votre peuple a besoin de sa reine. Je veux bien réécrire votre discours avec vous en définissant des orientations concrètes.

— Vous voulez modifier beaucoup de choses ?

— Non. Le changement est inéluctable, mais doit advenir progressivement.

— À *votre* rythme ?

— Pas le mien, *le leur*, corrigea-t-il.

— Merci.

Elle était sincère, mais ne se sentait pas plus légère. Des palpitations continuaient à l'agiter. Elle avait peur des mots qui se pressaient dans sa bouche.

Elle se mordit la lèvre. Toute sa vie, elle avait attendu quelqu'un qui acquiescerait à ses projets et lui donnerait le feu vert. Et ce quelqu'un, incarné en la personne d'Angelo, avait brusquement changé d'avis après un baiser volé.

En fait, elle voulait tout autre chose...

L'embrasser. Encore. Mais comment séparer le désir et son devoir de reine ?

Sa poitrine se comprima.

— Tout à l'heure... dans votre bureau, vous m'avez parlé de cette lampe. Lorsque vous l'allumez, vous oubliez votre rang, votre devoir...

— En effet.

— J'ai une autre requête.

Il fronça les sourcils.

— Laquelle ?

Ignorant les picotements qui couraient sur sa peau, elle redressa les épaules et s'avança vers lui. Après tout, sa démarche n'avait rien d'insensé.

Elle avait envie d'un endroit paisible où se cacher, réfléchir et se laisser aller à des sentiments qu'elle ne s'autorisait pas à éprouver en présence d'autrui. La mère d'Angelo avait trouvé ce refuge en ce lieu. Lui le recréait avec sa lampe magique.

Natalia se planta devant Angelo.

— Je voudrais que vous allumiez cette lampe avec moi.

— Dans quel but ?

Son regard noir, intense, ne l'effrayait pas. Elle avait résolu de suivre l'élan mystérieux qui la portait.

— De cette façon, vous pourrez m'embrasser.

Tout son corps se tendit. C'était la première fois qu'elle osait réclamer quelque chose pour *elle*.

— Vous embrasser ? maugréa-t-il. C'était une erreur, je vous l'ai dit.

Elle retint sa respiration. L'homme *et* le roi la repoussaient, tous les deux.

— Vous n'en avez pas envie ? demanda-t-elle pour l'obliger à s'expliquer davantage.

— Il n'y a pas de place pour la passion dans notre mariage.

— Pourquoi ? persista-t-elle. Cela nous libérerait...

— De quoi ? grogna-t-il avec humeur.

— À quoi bon nier une attirance aussi évidente ?

Elle fouilla son regard qui demeurait impénétrable. Elle n'en ressentait pas moins une connexion énigmatique. Jamais elle n'avait éprouvé une telle proximité avec quelqu'un. Cela se passait de mots. C'était juste là, ne demandant qu'à être reconnu.

— Ne soyez pas si impulsive et téméraire. Vous ne comprenez pas vos propres désirs. Vous ignorez où cela nous conduirait.

— Je ne suis pas si naïve.

Peut-être l'était-elle, après tout ? Puisqu'elle avait besoin d'éclaircissements.

— Que gagnerait notre mariage à une chasteté forcée ?

Elle agita les doigts comme pour disperser une brume invisible.

— Ne percevez-vous pas cette tension dans l'atmosphère ? Cette électricité ?

— La royauté ne s'embarrasse pas de désirs personnels et d'amour.

— Je ne parle pas de sentiments. Seul importe notre devoir, martela-t-elle.

L'amour, qui n'apportait que douleur et destruction,

l'avait mise en cage après avoir tué sa mère et transformé son père en mort-vivant.

— Bien, répondit-il. Parce que vous n'obtiendrez jamais mon amour.

Elle hocha la tête, soulagée.

— J'ai trop souffert de ses effets ravageurs. Le palais était devenu une vraie prison.

Qu'il le sache bien, elle ne changerait pas d'avis là-dessus. Elle faisait la part des choses entre sensualité et sentiments.

— Mon père avait peur de vivre, peur de laisser sa fille unique évoluer librement sans sa protection. Il a aimé ma mère à la folie.

Angelo haussa un sourcil interrogateur.

— Cela ferait plutôt rêver, non ?

Natalia secoua la tête avec énergie.

— Pas moi.

C'était clair. Ni l'un ni l'autre ne voulait d'un amour dévorant. Ce qu'il y avait entre eux était d'une autre nature, physique et instinctif.

— L'amour avait totalement aveuglé mon père, qui ne vivait que pour sa femme. Quand la mort la lui a arrachée, son univers s'est effondré. Je ne voudrais connaître cela pour rien au monde. Ce que nous éprouvons l'un pour l'autre n'a rien à voir avec une telle folie.

— Qu'éprouvons-*nous* donc, princesse ?

— De l'attirance, non ? J'ai très envie de l'explorer.

Elle marqua une pause avant d'aller au bout de son aveu.

— Avec vous.

Le cœur d'Angelo tambourinait contre ses côtes.

Il réprima la tentation d'attirer Natalia tout contre lui. Pour lui montrer comme il embrassait bien...

Elle est à toi. Elle appartient...

À la Couronne.

— Ce soir, grâce à vous, j'ai pris conscience de quelque chose..., dit Natalia.

— Quoi donc ?

— Je ne me suis jamais permis aucun plaisir. Je me suis toujours limitée à mon devoir, sans distraction ni divertissement.

Un sourire flotta sur ses lèvres.

— Ce baiser m'ouvre des horizons insoupçonnés.

Elle aussi a envie de toi, songea Angelo.

— Ce ne serait pas une bonne idée, ironisa-t-il.

Il n'avait pas du tout envie de mettre sa vulnérabilité à l'épreuve. Une faille dans son armure risquait de lui être fatale.

— Pour moi, ce serait nouveau et amusant. Un territoire à découvrir, où je serais moi-même, comme votre mère dans ce jardin, ou vous avec votre lampe.

— Non.

La résolution d'Angelo fléchit quand les épaules de Natalia se voûtèrent. Pourquoi refuser avec intransigeance ce que son corps réclamait ? D'autant que son épouse prônait le détachement...

Elle était dangereuse et mettait en péril ses résolutions. Ses serments secrets.

Il ne fallait pas s'attarder trop longtemps dans la pénombre du jardin plein de souvenirs.

— Sortons.

Sinon, son corps le trahirait encore une fois...

— *Tout de suite.* Suivez-moi, princesse.

Elle obtempéra. Il n'entendait pas son pas léger, mais *sentait* sa présence derrière lui.

— Pourquoi ne met-on pas de housses sur le mobilier, si ces pièces ne servent pas ?

— Peu importe, répliqua-t-il sèchement.

Il continua à avancer, troublé par sa respiration toute proche.

Elle rompit la trêve.

— Je comprends. Moi aussi, j'ai mes fantômes.

Il ne posa aucune question, de peur de réveiller des réminiscences dans ces lieux chargés de mémoire. Il n'avait pas non plus envie d'expliquer pourquoi cette aile avait été transformée en musée.

Il avait décidé de figer le temps à un moment où rien ne le séparait encore de Luciano.

Sa mère avait choisi la décoration avec un goût exquis. Les accoudoirs des fauteuils s'harmonisaient avec les volutes de la console en acajou. Le grand miroir au cadre doré reflétait la symétrie des canapés crème et or.

On imaginait mal la présence d'enfants turbulents dans ce décor raffiné. Pourtant, ils s'asseyaient là tous les soirs pour écouter une histoire, jusqu'à ce que leur père interrompe cette lecture. Les contes étaient pour les faibles d'esprit, selon lui. Un prince devait se consacrer à l'étude.

Ils avaient quatre ans, à cette époque.

Angelo avait appris à lire avant Luciano et avait pris le relais de la voix maternelle. Ils cachaient les livres au fond d'une armoire derrière un rideau, et retrouvaient avec un immense plaisir chevaliers et belles damoiselles.

À quand remontait la dernière fois où Angelo s'était plongé dans un livre ? Depuis quand ne s'était-il pas perdu dans une œuvre de fiction ?

Depuis...

Natalia.

Il n'avait plus besoin de stimuler son imagination débordante, et s'efforçait au contraire de maîtriser ses fantasmes depuis qu'une parfaite inconnue avait mis tous ses sens en émoi.

Sans s'arrêter, il se hâta de traverser ces appartements déserts. Il voulait les quitter au plus vite, afin d'établir une frontière bien nette entre le passé et le présent.

Il n'avait plus l'âge des belles histoires, ni le temps d'écouter des sornettes qui risquaient d'enflammer son imagination.

Il se tourna à demi vers elle. Un parfum de jonquilles assaillit ses narines et bloqua sa respiration.

— Suivez ce couloir jusqu'au bout. Vous passerez une porte qui vous mènera à vos appartements.

— Vous ne m'accompagnez pas ?

C'était hors de question.

Il avait trop peur d'accepter une invitation à entrer dans sa chambre.

L'épreuve était au-dessus de ses forces, le danger trop grand.

Il referma la porte derrière eux.

— Bonne nuit, Natalia.

Elle ne bougea pas. Malgré son silence, il lut la question muette sur son visage.

Non, il ne changerait pas d'avis. Il fallait la convaincre de ne rien espérer au-delà du strict minimum.

— Je retoucherai votre discours, ajouta-t-il. Quelqu'un vous l'apportera demain. D'ici là, dormez bien.

Il dut se faire violence pour s'arracher à son regard.

— Bonne nuit, Angelo, murmura-t-elle à regret.

Il exhala longuement. Comme il lui en coûtait de la laisser partir...

Il ferma les yeux, compta jusqu'à dix et attendit que le bruit de pas s'estompe.

Cela faisait deux fois ce soir que Natalia lui échappait. Il détestait cette impression de manque.

Le désir ne refluait pas.

Le passé était trop proche, trop vivace.

En tout cas, il ne recommencerait pas les mêmes erreurs et faisait le bon choix. En gardant ses distances, il ne la décevrait jamais. Il ne craindrait pas de la trahir ni de l'abandonner ou, pire, de décevoir son innocence.

Il ne l'entraînerait pas dans la débauche et la dépravation.

Angelo se secoua et sortit de sa prostration pour regagner sa chambre.

Loin de Natalia.

4

Demain n'était jamais arrivé.

Toute la semaine, Angelo l'avait évitée. Le discours remanié avait été apporté par son secrétaire particulier. Sans un mot d'accompagnement. C'était clair, Natalia devait se contenter de ce qu'il lui donnait.

Mais cela ne la satisfaisait pas.

D'ailleurs, elle n'avait nullement l'intention de lire son texte à la cérémonie.

La nouvelle version s'émaillait de mots comme « force », « croissance », « évolution raisonnée et *progressive* », des éléments de langage froids et vides de sens. Natalia ne se retrouvait pas dans ce style convenu.

La voix d'Angelo écrasait la sienne.

Le roi effaçait sa reine.

Il ne la consulta même pas pour lui demander son avis. Sans doute jugeait-il sa plume royale au-dessus de toute critique, surtout de la part d'une princesse supposée naïve et sans expérience. Eh bien, ces phrases creuses n'étaient pas du goût de Natalia. Il se méprenait sur sa docilité...

Pourquoi faisait-il comme s'il ne s'était rien passé entre eux ?

Pour elle, ce baiser changeait tout. Depuis, elle se sentait… différente, avec tous les sens en éveil.

Des picotements coururent sur son ventre, et la pointe de ses seins se durcit sous sa robe d'apparat. La robe de son couronnement, en soie moirée, brodée de fils d'argent et de perles nacrées.

Ses cheveux tressés dégageaient son front haut qui serait bientôt ceint de la couronne royale.

Elle tournoya sur elle-même, dans un bruissement d'étoffe, pour s'admirer dans la glace. Cette toilette la protégeait, telle une armure étincelante. Contrairement à ses parents, elle ne serait pas meurtrie par la vie.

Avec un frisson, elle lissa les plis de son corsage et plaça ses paumes de main sur son ventre. *Résolument*.

Elle ferma les paupières. Il ne s'agissait pas d'une douleur à proprement parler, plutôt d'un manque indéfinissable et qui la gagnait tout entière. Ses doigts en tremblaient.

Depuis son réveil, une seule pensée l'habitait. Le jour était venu d'accomplir son devoir et de tenir son rôle officiel auprès de ce roi distant et inaccessible.

Son esprit ambitieux se félicitait de l'événement solennel, mais son corps réclamait autre chose, un assouvissement qui lui était refusé.

Le baiser volé en appelait d'autres, éperdument.

Son agitation intérieure l'empêchait de se concentrer et de réfléchir. Elle dormait mal, depuis une semaine. Une fatigue insidieuse la minait, comme un brouillard diffus.

La porte s'ouvrit brusquement. Elle sursauta. Le roi n'avait pas pris la peine de se faire annoncer.

— Que faites-vous ici ? s'écria-t-elle, prise de court.

— Ne suis-je pas le bienvenu, princesse ?

— Je suis dans mes appartements privés. Vous ne m'avez pas habituée à tant de familiarité, maugréa-t-elle avec aigreur.

Elle le considéra avec une expression hautaine. Intérieurement, pourtant, sa présence lui semblait naturelle, normale, *désirée*...

Négligeant de répondre à sa remarque, il la regarda avec attention, et elle se redressa imperceptiblement pour ne pas trahir son trouble.

— Vous êtes très belle.

Ce compliment lui fit l'effet d'une caresse.

— Vous aussi, vous êtes beau, répondit-elle en rougissant.

Tout de noir vêtu, sa couronne en or sur la tête, il incarnait la puissance et l'autorité.

— Vous êtes prête ? lança-t-il en lui tendant la main.

Des boutons de manchette incrustés de diamants scintillaient à son poignet.

L'esprit vide, elle ne bougea pas.

— Prête pour quoi ? demanda-t-elle.

Un sourire se dessina sur les lèvres d'Angelo. Fascinée par cette bouche qu'elle avait embrassée, Natalia se tut.

— Auriez-vous oublié ? Le jour de votre couronnement est arrivé, princesse. Je suis venu pour vous escorter.

Le brouillard se dissipa comme par enchantement. Natalia baissa les yeux et respira plusieurs fois de suite, rapidement.

— Oui, je suis prête.

Elle s'avança, très droite sur ses hauts talons argentés, et emmêla ses doigts à ceux d'Angelo.

Une petite secousse électrique remonta le long de son bras au moment où leurs peaux se touchèrent.

Il le sentait forcément lui aussi... Ce n'était pas possible autrement.

— Le moment est venu de vous présenter devant votre peuple. *Notre* peuple, corrigea Angelo en refermant sa main sur la sienne.

Natalia avait l'impression de rêver. Le roi, son mari, lui offrait son soutien en cette occasion solennelle et l'accompagnait à la rencontre de sa destinée.

Elle avait toujours été seule. Même le jour de son mariage. Mais aujourd'hui...

Elle ne l'était plus.

Les lourdes portes s'ouvrirent devant eux, et ils sortirent dans la lumière du soleil. Un carrosse doré les attendait au bas du perron, tiré par un attelage de chevaux blancs superbement harnachés.

Cette fois-ci, ils paraderaient à découvert, sans s'abriter derrière les vitres teintées d'une limousine. Le peuple admirerait la princesse Natalia tout au long du parcours à travers la ville, jusqu'à l'église où elle recevrait la couronne des mains du roi. Elle remonterait l'allée jusqu'à l'autel en s'appuyant à son bras.

Elle n'osait s'abandonner à son émotion grandissante.

Angelo l'aida à s'installer dans le carrosse, sans relâcher une seule seconde l'étreinte de ses doigts. Elle baissa les yeux sur leurs maintes jointes.

Unies.

— Saluez, princesse, commanda-t-il doucement.

Elle obtempéra avec un sourire serein. Pour la première fois de sa vie, elle se sentait l'âme d'une reine, prête à gouverner. Aux côtés d'Angelo.

Une foule nombreuse se pressait pour les acclamer. Ils

faisaient tous les deux leur début comme couple officiel, des souverains mariés pour le bonheur de leurs peuples et de leurs pays.

Une joie irrépressible inonda Natalia. Son cœur se gonflait d'espoir. C'en était fini de la guerre entre tradition et modernité qui avait opposé stérilement son père et sa mère. Angelo et elle chemineraient ensemble sur la voie du progrès.

Personnellement, elle avançait aussi vers un horizon nouveau. Une hardiesse inconnue l'entraînait vers la découverte de la sensualité. Saurait-elle faire la part des choses et établir une frontière entre les sphères publique et privée ?

Les longs doigts d'Angelo exerçaient une pression constante sur les siens. Ce contact l'obnubilait. Littéralement.

Mais lui, que ressentait-il ? Se coulait-il uniquement par devoir dans son rôle d'époux royal ?

Malgré la confusion qui l'étreignait à cette idée, elle savait qu'elle avait terriblement besoin de lui.

Quand le carrosse s'immobilisa devant l'église, Angelo descendit le premier et l'aida à mettre pied à terre. Ils s'avancèrent ensemble dans l'allée centrale, au milieu d'une assistance joyeuse.

— Vive la reine Natalia ! Vive le roi Angelo !

Ils marchèrent vers l'autel où ils avaient prononcé des vœux vides de sens. L'amour ne signifiait rien pour eux. Le respect mutuel pouvait peut-être le remplacer ?

Natalia jeta un regard furtif vers Angelo. Saurait-elle faire de lui un allié ? Un mentor ? Un ami ?

Elle trébucha très légèrement, mais se raccrocha à son bras. Personne, en dehors de lui, ne remarqua rien.

Concentre-toi.

Elle s'appliqua à mettre un pied devant l'autre, en regardant droit devant. Tout au bout, le prêtre les accueillit d'un signe de tête. Angelo s'écarta un peu pour lui laisser la place d'honneur, sous les projecteurs.

Après avoir prononcé les phrases rituelles qui allaient changer le cours de son existence, Natalia se pencha pour recevoir la couronne.

Le joyau était plus léger que dans son souvenir... Un jour, elle s'était glissée subrepticement dans la salle du trésor pour l'essayer. Alerté par un domestique, son père l'avait surprise et lui avait sévèrement interdit l'accès à cette aile du château.

Son univers s'était encore rétréci à la suite de cet incident...

Cette époque était révolue. Elle ne vivrait plus en prison. Plus jamais.

Elle se tourna vers l'assemblée. Tous les dignitaires, diplomates et invités d'honneur resplendissaient d'orgueil.

Natalia aurait voulu que son père soit là. Malheureusement, il avait décliné l'invitation et préféré rester en retrait. Il mourrait comme il avait vécu, seul avec son chagrin. Il avait trop peur de voir exploser au grand jour ce qui avait bouillonné en elle pendant tout le temps où il la maintenait sous sa protection.

Une nouvelle ère débutait, qui confirmait ses pires craintes. Les frontières allaient s'ouvrir à des influences étrangères incontrôlables. Sa propre fille, qu'il avait élevée dans du coton pour la préserver de tout, s'émancipait de son emprise pour se libérer.

Elle était libre.

La tête haute, Natalia délivra le discours qu'elle avait rédigé elle-même, pas celui qu'Angelo avait corrigé. C'étaient ses mots à elle, qui lui appartenaient.

— Je suis Natalia La Morte, fille de Vincent et Caroline La Morte, roi et reine de Vadelto, une nation prête... *enthousiasmée* à l'idée de rejoindre le bon peuple de Camalò. Cette perspective me remplit moi-même d'exaltation. Un monde nouveau s'offre à nous.

Elle se tourna vers Angelo. Vers le roi.

— *Votre* monde.

Il la couva d'un regard de braise tandis qu'elle continuait.

— Les frontières de Vadelto sont restées fermées pendant de longues années. Mais nous avons soif de changement.

« Ensemble, nous deviendrons plus grands, plus forts. »

Sous une salve d'applaudissements, elle se dirigea avec Angelo vers les trônes dressés sur une estrade. Fière de l'accueil qu'on lui réservait, elle chercha la main de son époux royal qui la lui accorda sans l'ombre d'une hésitation.

Submergée par une joie indicible, elle se rappela avec une pointe de culpabilité des paroles qu'elle avait oublié de prononcer.

Je consacrerai ma vie à réaliser les rêves et les ambitions de celle qui m'a donné le jour. Ma chère maman. Vive le changement et le progrès !

Tant pis. Il était trop tard. Néanmoins, elle avait dit l'essentiel.

Elle espérait seulement qu'Angelo reprendrait à son

compte et au pied de la lettre tout ce qu'elle avait énoncé. Ils s'uniraient pour œuvrer ensemble.

Pour le bénéfice de leurs peuples.

Par devoir et obligation.

Il lui montrerait le chemin...

5

Le discours de Natalia avait plongé Angelo dans une distraction qui se poursuivit tout au long du dîner officiel. On avait invité les chefs des États frontaliers et les personnalités les plus en vue de l'élite politique et culturelle pour fêter l'accession au pouvoir de la nouvelle reine de Camalò.

Le roi, cependant, avait du mal à se mêler à la conversation générale. Son esprit le ramenait loin en arrière, à l'époque où il avait aperçu la princesse pour la première fois, quand son cœur s'était embrasé à sa vue.

La toute jeune fille d'alors était sortie de l'ombre et s'affirmait avec éclat. Les paroles qu'elle avait prononcées pour son couronnement résonnaient encore à ses oreilles.

Elle ne se contentait pas de le prendre à témoin, mais réclamait son aide et ses conseils. À l'instar de Luciano, elle le voyait comme un guide à ses côtés.

Comme son frère, elle imaginait qu'ils incarneraient à eux deux la puissance et l'autorité. Que leurs aspirations et leurs rêves ne feraient plus qu'un.

Il n'adhérait pas à cette illusion, ce *mensonge*.

Malgré les apparences, son frère jumeau et lui ne se

ressemblaient pas et n'étaient pas véritablement unis. Chacun possédait sa personnalité propre et poursuivait des desseins différents.

Angelo avait fait voler en éclats leur entente apparente. Il avait eu la faiblesse de s'exposer et d'abandonner sa part du fardeau commun. Luciano ne s'en était jamais relevé...

Jamais il ne renouvellerait son erreur. Il gouvernerait *seul*, à sa manière, sans se cacher derrière un accord de façade.

Natalia et lui porteraient chacun leur couronne et s'acquitteraient séparément de leurs obligations respectives.

Son épouse siégeait tout au bout de la longue table rectangulaire, très loin, mais face à lui. Le repas touchait maintenant à sa fin. Le murmure des conversations s'estompait peu à peu.

Natalia croisa son regard au moment où un violoniste de l'orchestre à cordes qui jouait en sourdine entamait un air aux accents langoureux. La musique retentit en lui comme une plainte nostalgique...

Il serra les mâchoires.

Après avoir détruit la vie de son frère, il n'avait plus le droit à l'erreur. Il fallait garder la tête froide, ne pas faiblir devant l'assaut de l'émotion et du désir.

Avant Natalia, le seul être qu'il aimait était mort à cause de lui, de son avidité et son incapacité à se conformer à son rôle.

Le même péril le guettait à présent. Il n'avait pas le droit de *posséder* Natalia.

Il était temps de mettre un terme à la soirée.

Angelo se leva et Natalia fit de même, avec élégance et dignité.

Il entrouvrit les lèvres, mais elle le devança en dispensant ses remerciements à l'assistance, d'une voix ferme et gracieuse. Puis, elle se dirigea vers lui dans un bruissement d'étoffe soyeuse. Son parfum subtil de fleurs printanières s'insinua traîtreusement en lui.

— Votre Majesté, dit-elle en inclinant la tête.

Ce mot arracha Angelo au passé pour le ramener au présent et à ses devoirs.

— Reine Natalia, répondit-il en lui offrant le bras.

Il se raidit pour se préparer à son contact.

Malgré la légèreté de ses doigts, une chaleur intense coula dans ses veines.

— Nous partons ? lança-t-elle, le regard brillant.

Elle était fébrile, comme lui.

Qu'allait-il se passer, maintenant ? Où se dirigeraient-ils en sortant ? La raccompagnerait-il jusqu'à ses appartements ?

L'aiderait-il à enlever sa couronne et quitter ses atours royaux pour l'initier aux plaisirs de la chair ?

Il vibrait tout entier de désir.

La bataille qui s'engageait entre ses devoirs et sa sensualité le jetait dans une confusion épouvantable.

Mais il n'enfreindrait pas l'interdiction qu'il s'imposait.

Natalia demeurerait intouchable.

Et lui, *inflexible*.

Il la guida vers la sortie. Après avoir traversé le grand hall illuminé, ils s'engagèrent dans un couloir éclairé par des flambeaux.

— Ils vous adorent, dit-il.

Il fallait choisir les mots justes pour la féliciter tout en maintenant une certaine neutralité. Personnellement, il pouvait néanmoins lui témoigner son admiration. Elle la méritait.

— La cérémonie de votre couronnement est un succès. Vous avez été magnifique.

— Merci.

Il hâta le pas, obliqua à droite dans un long corridor. Tout à coup, Natalia dégagea son bras et s'immobilisa.

— Pourquoi vous arrêtez-vous ?

— J'ai à vous parler.

— Je vous écoute, répliqua-t-il impatiemment.

— Je voulais vous remercier.

— Vous m'avez déjà dit merci, princesse. Je ne suis pour rien dans la réussite de cette journée.

— Je ne suis plus princesse, corrigea-t-elle. C'est en tant que reine que je tenais à exprimer ma gratitude envers vous.

— Je n'ai fait qu'accomplir mon devoir. Pour le bien de mon peuple et le vôtre.

Natalia s'humecta nerveusement les lèvres.

— Nous voici seuls à présent, sans témoins. Vous n'êtes plus obligé d'avoir un comportement exemplaire.

L'atmosphère se chargea d'électricité. Angelo ne se décidait pas à la laisser... Un lourd silence s'éternisa. Natalia le rompit la première.

— Vous sentez-vous des devoirs envers moi ? Jusqu'où allez-vous m'escorter ? En bas de l'escalier ? En haut des marches ? Ou devant l'ascenseur ?

Il refusa de tomber dans le piège.

— Nous nous quittons ici. Vous pour aller dans vos appartements, moi dans les miens.

C'était le seul scénario acceptable.

— Les cérémonies officielles seront donc les seules occasions où vous vous montrerez à mes côtés ? Jamais vous ne me prendrez la main dans le privé...

— Pourquoi me poser la question, puisque vous connaissez déjà la réponse ?

— Parce que je suis désorientée.

— Expliquez-vous.

— Ce matin, vous êtes venu me chercher dans ma chambre. Ce n'était pas vraiment nécessaire.

— J'ai obéi au protocole.

Il se remémora avec émotion le contact de sa paume au creux de son bras, si légère et brûlante à la fois.

— L'étiquette dictait chacun de mes gestes, déclara-t-il d'une voix neutre.

— Même quand vous avez pressé mes doigts dans votre main ?

Pourquoi avait-il fait cela ?

Il fronça les sourcils, puis s'appliqua à détendre chacun de ses muscles pour recouvrer un calme apparent.

— Vous aviez besoin d'être rassurée, maugréa-t-il en ravalant au fond de lui la vérité.

— Rien ne vous y obligeait, insista Natalia, le rouge aux joues. Vous en aviez envie, non ?

— Vous avez l'esprit confus ! lança-t-il pour couper court. Vous vous méprenez sur les apparences. Il n'y a strictement *rien* entre nous, juste une façade.

— Vous avez entendu mon discours ?

— Chaque mot, acquiesça-t-il en se préparant mentalement à la suite.

Comment clore avec tact cette discussion de plus en plus embarrassante ? Natalia s'entêtait...

Il l'avait pourtant soigneusement évitée tout au long de la semaine, pour bien lui montrer que leur baiser et la conversation qui avait suivi n'avaient strictement rien changé entre eux.

Il avait repris le contrôle de lui-même et s'était cuirassé à l'approche de cette journée importante. Tous ses efforts se révélaient vains. Natalia le provoquait délibérément et s'insinuait malgré lui sous sa peau. Combien de temps résisterait-il ?

Elle revint à la charge.

— Eh bien ? Qu'en avez-vous pensé ?

— Ce n'était pas le texte que vous m'avez montré, ni celui que j'ai réécrit et approuvé. Nous avions un accord. Vous ne l'avez pas respecté, sans tenir compte de mon avis.

— Vous avez corrigé mon discours *pour* moi, pas *avec* moi.

— Vous aviez réclamé mon aide.

— Pas de cette façon-là.

— Vous avez préféré vos mots à vous, soit. Pensez-vous qu'ils ont été entendus par les monarques, dignitaires et personnalités qui composaient l'assistance ? Par votre peuple ? Par moi-même ?

Elle redressa le menton.

— Oui.

— Alors tant mieux...

Il se pencha tout près. Leurs souffles se mêlaient.

— Que mes conseils vous soient utiles ou pas, cela ne change rien. Je suis le roi.

Il résista à l'envie de capturer sa bouche pour la réduire au silence. Comme devinant le combat qu'il livrait intérieurement, Natalia poussa son avantage sur un ton de défi.

— Et je suis la reine.

Un muscle tressauta sur la joue d'Angelo, trahissant son dilemme.

— Vous avez dédaigné mes commentaires. Je m'en dispenserai, à l'avenir. Votre discours montre combien vous êtes naïve. *Innocente*. Vous avez des ambitions totalement irréalistes, que je désapprouve. Nous ne formons pas équipe, vous et moi. Nous ne sommes pas unis pour régner ensemble sur nos deux royaumes, conclut-il plus rudement qu'il ne voulait.

— Croyez-vous ? se récria-t-elle avec une douceur désarmante. Ce matin, dans le cortège, j'ai vu le regard des gens. Ils ne nous voyaient pas comme deux individus séparés, mais comme *un couple*.

— Quelle ingénuité ! ironisa-t-il.

La nouvelle reine se berçait d'illusions. Angelo ne l'encouragerait pas dans cette voie.

— Pourquoi refusez-vous la réalité ? répliqua-t-elle hardiment. À nous deux, nous représentons le changement que tout le monde souhaite. Le peuple a besoin de *nous*, un roi et une reine capables d'affronter les difficultés et de trouver des solutions.

— Quelles difficultés, Natalia ?

Quel démon le poussait à argumenter ? Il percevait clairement tous les sous-entendus derrière les propos de Natalia. Les mots qu'elle avait prononcés à l'église s'adressaient aussi à lui. Elle souhaitait l'unité et l'harmonie. Avec lui. En public comme en privé.

Elle voulait reparler de leur baiser. *Encore.* Angelo se dérobait en faisant semblant de ne pas comprendre, alors que tout son être endurait un véritable supplice. Il brûlait d'envie de l'embrasser, d'enfouir le visage au creux de son cou pour humer son odeur et goûter la saveur de sa peau...

— Vous ne dites plus rien ? ironisa-t-il. Il est vrai que le lieu ne se prête guère à un tête-à-tête.

— Avais-je le choix ? Vous ne me donnez jamais l'occasion de vous parler. Vous vous apprêtiez à me laisser. *Encore une fois.* N'est-ce pas ?

Il tressaillit devant la grimace qui déformait son joli visage. Il avait un peu honte.

Tu la négliges et tu l'abandonnes, oui. Comme Luciano.

Mais n'était-ce pas pour la protéger ?

Elle devait prendre conscience qu'il n'était pas un roc inébranlable sur quoi s'appuyer. Son frère, qui l'avait cru autrefois, s'en était amèrement repenti. Privé d'un soutien qu'il pensait indéfectible, il s'était effondré...

En gardant ses distances avec Natalia, Angelo s'assurait de ne pas répéter ses erreurs et de la préserver.

Il avait tiré les leçons du passé et ne s'écarterait pas de sa ligne de conduite.

En mémoire de Luciano.

Pour son jumeau, à qui il dédiait tous ses choix et ses sacrifices.

— Vous ne m'accordez aucune attention, reprit Natalia. Vous faites comme si je n'existais pas.

Elle s'écarta et il demeura fermement campé sur ses jambes, se raidissant de tous ses membres pour ne pas la retenir. Il lui prouverait qu'il était de glace, insensible.

— Vous ressentez la même chose que moi, chuchota-t-elle. Je le sais. Il faut nous expliquer pour aller de l'avant, au lieu de nous enfermer dans un marasme absurde.

Il protesta avec énergie.

— Nous ne serons jamais d'accord. Il n'y a pas de relation possible entre vous et moi.

— Mais pourquoi ?

Son exclamation ébranla le sang-froid d'Angelo.

— Natalia...

Il se tut. Les mots lui manquaient, et il ne supportait plus sa franchise. Sa vulnérabilité.

Son corps lui soufflait traîtreusement un autre moyen de terminer cet entretien pénible.

Pourquoi ne pas profiter de l'occasion ? Saisir le moment pour la faire *sienne*.

— Vous avez beau vous en défendre, vous ne pourrez pas nier éternellement ce qu'il y a entre nous, reprit-elle.

— C'est-à-dire ?

Il s'enferrait au lieu de se dégager délicatement de la situation...

— Cette attirance, cette alchimie, souffla-t-elle. J'ai constamment envie de vous toucher, de frémir sous vos caresses. Je pense tout le temps à vous.

Angelo blêmit pendant qu'elle poursuivait.

— J'ai peur, confessa-t-elle.

— *Peur ?*

— Oui. J'en perds le sommeil. C'est comme une soif

brûlante qui me dessèche intérieurement. Je me consume à petit feu.

Que pouvait répondre Angelo quand la même fièvre le dévorait depuis trois longues années ?

— Embrassez-moi, l'implora Natalia.

Le cœur d'Angelo tambourina contre ses côtes.

— Ne recommencez pas. Nous en avons déjà parlé.

— Non. Vous avez refusé tout net, sans m'écouter...

— Ma réponse n'a pas changé.

— Dites oui, Angelo. Vous en avez autant envie que moi. Je le sens.

— Vous ne savez pas ce que vous demandez.

— Si. J'ai une conscience aiguë de la réalité. Le peuple a besoin d'un roi et une reine lucides et unis. Qui écrivent leurs discours ensemble et prennent les décisions en toute objectivité, sans se laisser aveugler par leurs émotions ou leurs sentiments. Il n'y aura jamais d'amour entre nous. D'ailleurs, ce n'est pas souhaitable. Mais pourquoi refuser le plaisir physique ? Depuis que j'en ai eu un avant-goût, cette idée m'obsède.

Angelo réprima à grand-peine un gémissement impuissant.

— Soyez mon maître, mon initiateur, supplia-t-elle.

— Non.

Comment trouver la force de la repousser ? Alors que tout son être lui commandait de capituler, que Natalia s'offrait à lui en comblant ses désirs les plus chers...

Il recula d'un pas pour s'empêcher de succomber à la tentation.

— Mais...

— Allez vous coucher, Natalia.

L'éclat de ses beaux yeux se ternit brusquement et ses épaules se voûtèrent sous le coup de la défaite.

Pour lui, c'en était trop.

— Obéissez. *Tout de suite.*

Elle s'exécuta sans un mot et passa devant lui, la tête basse.

Surpris par cet acte de soumission inattendu, il faillit la rappeler. Pourquoi ne pas cueillir l'instant ? Après tout, elle ne demandait rien d'autre que les joies du sexe.

Mais s'il se laissait séduire par son innocente prière, s'il acceptait de l'initier à la sensualité... immanquablement, il la ferait souffrir.

De toute façon, c'était trop tard. Elle était partie. Le bruissement de sa robe avait presque disparu.

Il ferma les paupières, s'obligea à respirer tandis que des idées contradictoires se bousculaient dans son esprit. À une vitesse folle.

Allait-il la rappeler ?

Son état de tension nerveuse l'épuisait.

Tout était trop... *réel*, subitement. Natalia n'était plus la princesse fantasmatique qui avait hanté ses rêves trois années durant, mais la reine qui demeurait dans son palais et demandait à partager sa couche. Condamné à vivre avec elle, il ne pourrait pas la fuir éternellement. Ses sens et son tempérament jouisseur lui ordonnaient de s'incliner.

Puisqu'il la désirait ardemment.

Mais il avait des mœurs dépravées. Avait-il le droit de l'entraîner dans un univers dont elle ne soupçonnait l'existence ?

Il s'interdit de réfléchir davantage. Une idée avait surgi,

et il se dirigea à grandes enjambées vers son bureau. Là, il se saisit de la lampe à huile avec la boîte d'allumettes et ressortit aussitôt.

À présent, il se sentait investi d'un pouvoir magique.

Ce talisman lui permettrait de ressusciter l'homme qu'il était autrefois, avant la mort de son frère. Natalia, par ses questions et sa présence, avait déjà ravivé en lui une étincelle. En rallumant cette lampe, il s'autoriserait à l'embrasser, à redevenir lui-même.

Comme au premier jour de leur rencontre.

Tel un automate, Angelo se retrouva devant la chambre de Natalia et frappa. Impatiemment.

La solution s'imposait. Il lui montrerait qu'il n'était pas un homme pour elle. Il la dissuaderait et la découragerait.

La porte s'ouvrit, et il posa la question qui lui brûlait les lèvres.

— Vous avez toujours envie de ce baiser ?

6

Natalia n'osait y croire.

Angelo était là, devant elle, qui lui proposait de l'embrasser.

Il ne s'imposait pas avec arrogance, comme ce matin, quand il était entré sans demander sa permission.

Il lui laissait le choix.

Elle avait ôté sa couronne, mais il portait toujours la sienne. Pourtant, ce n'était pas le roi, mais l'homme qui se présentait à sa porte.

Elle fixa sa bouche sensuelle et entrouvrit les lèvres involontairement.

Un désir fou la submergea.

— Oui, répondit-elle simplement. Embrassez-moi.

Il posa les yeux sur sa poitrine, puis sur son ventre.

— Vous voulez apaiser ce feu, soulager la frustration qui vous dévore intérieurement ?

Cramoisie, Natalia frissonna en serrant instinctivement les cuisses l'une contre l'autre.

— Comment savez-vous ce que j'éprouve ? demanda-t-elle. Vous le ressentez aussi ?

Elle s'était aventurée trop loin dans la franchise pour qu'il recule maintenant...

— Oui, admit-il brutalement.

— Le désir s'accompagne toujours de souffrance ? chuchota-t-elle, intimidée.

— Oui, c'est une flamme qui vous brûle et vous empêche de respirer. Même quand on croit le connaître et le dominer.

Il comprenait sa nervosité, son agitation, songea Natalia avec soulagement.

— Je suis embarrassée, avoua-t-elle dans un filet de voix.

— Pourquoi ?

— Eh bien... Une reine peut-elle se montrer aussi...

— Vulnérable ? suggéra Angelo. Fidèle à elle-même et ses aspirations intimes sans faillir à son rang ?

Oui, c'était *exactement* cela. Elle avait l'impression d'être divisée en deux parties irréconciliables, une femme avec des besoins physiques, et une reine en devenir, soucieuse de sa dignité.

— C'est comme si j'étais habitée par deux personnes différentes, acquiesça-t-elle. Et qui me tirent dans des directions contraires. Les deux s'opposent avec une force égale et je risque de basculer à tout moment d'un côté ou de l'autre.

— Je peux vous aider à établir une frontière, l'assura-t-il.

Impressionnée par sa haute stature, elle baissa les yeux et aperçut la lampe, dans ses mains.

— Vous vous souvenez ? lança-t-il. Cet objet magique vous permet d'être vous-même, d'oublier les faux-semblants et les obligations.

Les paroles d'Angelo la touchèrent au cœur.

En l'invitant à entrer, une fois la lampe allumée, elle laisserait de côté les apparences et se concentrerait sur l'essentiel. Il fallait aussi se soucier de la femme qu'elle était.

Obnubilée par la promesse faite à sa mère, Natalia avait négligé trop longtemps ses propres besoins. Qui était cette inconnue, toute tremblante devant un homme ?

Angelo tremblait-il lui aussi d'explorer le territoire qui s'ouvrait à eux ? Depuis le début, ils savaient l'un et l'autre qu'ils n'en resteraient pas à un baiser volé.

Guidée par son instinct, Natalia pressa les mains sur celles d'Angelo.

— Vous vous rendez ? Enfin ? demanda-t-elle d'une voix rauque, méconnaissable.

Comme tétanisée, elle recula en l'entraînant à sa suite, à l'intérieur.

— Oui, répondit-il, les yeux rivés aux siens.

Les seins de Natalia se durcirent.

— Mais vous devez d'abord accepter les règles, ajouta-t-il.

— Quelles règles ?

— Il ne s'agit pas d'instaurer une vraie relation entre nous, Natalia, mais d'assouvir nos désirs physiques.

Incapable de parler, captivée par le son de sa voix chaude et grave, elle ne comprenait pas vraiment le sens de ses paroles. Peu importait. Ses lèvres la fascinaient.

Il leva la lampe à la hauteur de ses yeux.

— Je resterai auprès de vous, dans votre chambre, tant que la flamme brûlera. Vous pouvez l'éteindre quand vous voulez. Et je reviendrai chaque fois que vous voudrez la rallumer. D'accord ?

Elle hocha la tête. Cette lampe leur permettait de séparer clairement la vie privée et les fonctions officielles. Natalia pouvait momentanément oublier son père, sa mère, sa dette envers son peuple pour n'écouter que ses désirs de femme.

Finalement, cet arrangement lui convenait. Elle céderait sans amertume ou arrière-pensée à son inclination pour... *son mari*.

— Et le reste du temps ? demanda-t-elle afin que tout soit bien clair dans son esprit.

— Je serai le roi.

— Et moi la reine.

Ainsi, tout se simplifiait.

Néanmoins, comme si elle avait besoin de s'en persuader, elle énonça de nouveau les règles.

— La journée, nous assumerons nos fonctions de dirigeants. Mais la nuit...

Comme elle n'osait pas préciser sa pensée, il acheva à sa place.

— Nous serons amants.

— *Amants...*, répéta-t-elle songeusement.

Ce mot n'avait jamais fait partie de son vocabulaire. Elle avait du mal à le définir concrètement.

— Nous ferons l'amour ?

— Nous aurons des relations sexuelles, corrigea-t-il.

Elle fronça les sourcils.

— Je...

— Vous avez beaucoup de choses à découvrir. Je vous initierai. Nous prendrons notre temps. Jusqu'à ce que votre corps sache... Jusqu'à ce que vous soyez prête.

— À quoi ?

— Vous êtes vierge. Je vous enseignerai l'art de la volupté. De l'érotisme. *Du désir.* Mais l'amour et les sentiments resteront en dehors. Nous nous contenterons du plaisir.

Le plaisir... Comme ce mot résonnait agréablement à ses oreilles ! Jusque-là, le plaisir n'avait tenu aucune place dans son existence entièrement remplie par le devoir et les obligations.

C'était réconfortant.

Il était réconfortant.

Les doigts d'Angelo desserrèrent leur emprise sur la lampe et glissèrent sur ceux de Natalia.

— Vous apprendrez le pouvoir des caresses. De *mes* caresses... Vous vibrerez lorsque j'explorerai votre corps avec mes mains, ma bouche, ma langue...

Elle ne mesurait pas encore toute la portée de l'initiation qu'il lui offrait.

Il la lâcha, comme pour la mettre devant le choix, créer une illusion de liberté.

— Eh bien ? lança-t-il au bout de quelques secondes.

Elle cilla les paupières. Le roi, son mari, se tenait sur le seuil de ses appartements et attendait sa décision.

Accepterait-elle sa proposition ?

— Entrez, murmura-t-elle d'une voix rauque.

Le cliquetis de la porte qui se refermait retentit dans le silence, suivi par un autre bruit, plus sourd, quand le roi posa sa couronne.

Dépouillés de leurs attributs, ils redevenaient de simples êtres humains, mais dans un décor luxueux, qui exhalait l'opulence. Le cadre, finalement assez impersonnel, ne différait pas beaucoup du palais où Natalia avait grandi, entourée d'antiquités et de meubles de style.

Son père la considérait d'ailleurs elle aussi comme un objet précieux, un trésor qu'il fallait protéger, préserver.

Arrête de réfléchir !

Obéissant à l'injonction de sa conscience, elle s'interdit toute pensée et traversa résolument le salon en se dirigeant vers la chambre à coucher.

— Attendez ! commanda Angelo quand elle arriva devant la porte.

Elle obtempéra. L'air s'électrisa, comme avant un orage. Elle sentit son souffle sur sa nuque, mais ne se retourna pas.

— Pas dans la chambre, dit-il.

En même temps, il se pressa contre elle, très légèrement.

— Pourquoi ? demanda-t-elle.

Il effleura ses cheveux avec douceur, puis défit lentement sa tresse.

— Pas tout de suite, ajouta-t-il en rejetant les lourdes mèches sur son épaule.

Une plainte lui échappa, et elle se mit à trembler.

— Nous serions mieux ? suggéra-t-elle.

— Non, Natalia. Le moment n'est pas venu de m'inviter dans votre chambre... dans votre lit... Ce jour-là, vous vous donnerez complètement à moi. Vous serez prête à m'accueillir en vous.

La tentation était grande de se laisser aller contre lui, de sentir sa chaleur la pénétrer. Mais il avait peut-être raison. Il était trop tôt.

Jusqu'où iraient-ils ce soir ? En tout cas, elle était prête pour un baiser.

— Où dois-je l'allumer ? chuchota-t-elle. La lampe ?

— À côté du canapé.

Elle s'exécuta le cœur battant, et il s'approcha calmement, les bras tendus.

Il prit son visage entre ses paumes et inclina la tête, les yeux rivés aux siens. Ses cils noirs jetaient une ombre sur ses pommettes hautes.

Elle ferma les paupières pour mieux savourer l'instant. Cette fois-ci, ce ne serait pas un baiser volé ni une impulsion, mais une promesse de ce qui allait advenir.

Elle était prête.

Les lèvres d'Angelo ne se posèrent pas sur sa bouche, mais sur sa joue, qu'elles effleurèrent à peine. Puis elles montèrent vers sa tempe et son front.

Natalia frémit tandis qu'une douce chaleur l'irradiait.

La pression sur sa nuque s'accentua, la forçant à tendre le visage vers le haut. Angelo l'embrassa au creux du cou, avidement.

Elle eut la chair de poule.

— Angelo...

— Chut..., murmura-t-il contre sa peau.

Son baiser laisserait une marque... Elle y repenserait demain en se regardant dans la glace.

Elle rouvrit les yeux, avec l'impression de se noyer dans son regard.

— À présent, je vais embrasser ta bouche, dit-il en prenant son menton entre le pouce et l'index.

Incapable de prononcer un son, elle se contenta de hocher la tête.

Le baiser, d'abord presque imperceptible, se fit peu à peu plus pressant, l'obligeant à entrouvrir les lèvres. S'insinuant à l'intérieur, sa langue lui arracha un gémissement indistinct. C'était un aveu d'impuissance. Elle était perdue. Ses réactions ne lui appartenaient plus, et elle ne pouvait rien faire d'autre que l'accepter. Et s'abandonner aux sensations qui l'envahissaient.

Angelo approfondit son baiser, et Natalia se pressa instinctivement contre lui. Elle réprima une exclamation en sentant son érection contre son ventre.

— J'arrête là ? demanda-t-il.

Il posait la question parce qu'il se souvenait de sa réaction, la dernière fois.

Elle s'était enfuie.

Mais, ce soir, elle n'avait plus peur.

— Non. Pas si vite, protesta-t-elle.

Elle lui rendit son baiser, avec une hardiesse et un enthousiasme naïf dont elle ne se savait pas capable.

Un sanglot jaillit de sa gorge quand il s'écarta pour y mettre un terme.

— Natalia, assieds-toi.

Elle plissa le front en rougissant.

— Sur le canapé ?

— Oui.

— Pourquoi ?

Il figea un masque indéchiffrable sur ses traits.

— Ce baiser t'a plu ?

— Beaucoup...

— Tu en veux d'autres ?

Ses doigts de pied se recroquevillèrent.

— Oui, confessa-t-elle.

— Alors, assieds-toi et laisse-toi faire.

Elle obéit et attendit.

Il s'agenouilla à ses pieds, et elle le regarda, fascinée, ôter ses escarpins argentés.

— Si quelque chose te déplaît, avertis-moi sans hésiter. C'est compris ?

— D'accord, répliqua-t-elle sans cacher son étonnement.

Ses mains caressantes sur ses chevilles semblaient parfaitement innocentes. Pourtant, elles éveillaient des sensations délicieuses, qui se propageaient jusqu'au bout de ses terminaisons nerveuses.

— Rappelle-toi, tu peux me demander d'arrêter quand tu veux, murmura Angelo.

— Je ne veux pas.

— Mais tu peux, répéta-t-il.

Il ne tenait qu'à elle, songea Natalia dans une douce euphorie. Avant cet instant, tous ses choix lui avaient été dictés, jusqu'à ce mariage arrangé de longue date.

Maintenant, elle avait enfin son mot à dire.

Elle humecta ses lèvres du bout de la langue.

— Embrasse-moi encore.

Elle était incapable de penser à autre chose.

— Alors là, dit-il en pressant le pouce à l'intérieur de sa cheville. Je peux ?

— Oui.

Ce fut à peine plus qu'un frôlement.

Puis il souleva le bas de sa robe.

— Je vais remonter plus haut, annonça-t-il.

Joignant le geste à la parole, il déposa une pluie de baisers le long de sa jambe.

Elle ferma les yeux, mais les rouvrit brusquement quand il posa une main sur son sexe.

— Jusque-là, ajouta-t-il.

La respiration de Natalia s'accéléra. Involontairement,

elle serra les cuisses, comme si ses muscles se contractaient d'eux-mêmes. Mais Angelo agrippa ses genoux et les écarta.

Elle frissonna.

— Embrasse-moi sur la bouche, implora-t-elle.

— Pas encore. D'abord dans tous les endroits sensibles et secrets...

Elle émit un bredouillement indistinct en guise d'assentiment.

Il s'attarda sur une petite cicatrice, à peine visible, avant de reprendre son exploration nonchalante. Suspendue à ses baisers, elle guettait sa progression avec une excitation croissante. Un sang chaud coulait dans ses veines. Tout son être palpitait tandis qu'elle contemplait, fascinée, la tête brune en bas de son ventre.

Elle était en feu.

— Je peux continuer ? demanda Angelo en s'écartant légèrement.

— S'il te plaît..., supplia-t-elle.

Il soutint son regard tout en la caressant doucement, puis ses doigts s'enfoncèrent entre ses cuisses.

Natalia se mit à gémir.

— Oh...

Le délicieux supplice s'éternisait. Tout son corps réclamait davantage.

— Tu aimes ?

Oui, oh oui...

— Oui, lâcha-t-elle faiblement.

C'était trop. Et en même temps pas assez...

— Plus fort..., réclama-t-elle d'une voix brisée.

— Tu es sûre ?

Comme s'il n'avait pas déjà deviné…

Il se pencha, et sa bouche remplaça sa main, non sans avoir auparavant débarrassé Natalia de sa petite culotte en dentelle.

— *Angelo !* cria-t-elle.

Les romans qu'elle lisait n'avaient jamais rien décrit d'aussi torride. Elle *vibrait* tout entière. Son rythme cardiaque s'affolait.

À un moment, il se redressa.

— Je t'en prie, ne t'arrête pas, le conjura-t-elle.

— Ne t'inquiète pas, je veux juste te prévenir, t'expliquer. Tu vas jouir…

— Oh…

C'était trop direct. *Trop réel.* Pourtant, elle lui était reconnaissante de la guider ainsi vers des plaisirs inconnus.

— Maintenant, gémit-elle.

Ce moment s'achèverait beaucoup trop tôt et la réalité reprendrait vite ses droits, malheureusement…

— Il faudra écouter ton corps et faire exactement ce qu'il te dit, déclara-t-il.

— Et si je ne sais pas ?

— Tu sauras. Mon baiser te guidera, de toute façon.

Sa langue s'enroula très délicatement autour de son clitoris. Puis il continua à l'embrasser et la caresser. Et tout se passa exactement comme il avait dit.

— *Oh ! oh, oh !* s'écria-t-elle, hors d'haleine.

De sa main libre, Angelo maintint fermement sa hanche qui se soulevait à sa rencontre. De l'autre, il s'insinua dans la moiteur veloutée.

Il avait raison. Son corps lui parlait.

La pression conjuguée des doigts et de la langue

d'Angelo ne tarda pas à déclencher un orgasme. Bientôt, des spasmes la secouèrent. Ses reins se cambrèrent, et le paroxysme explosa tandis qu'elle s'envolait vers des sommets inconnus.

— Angelo !

Elle cria son nom plusieurs fois, avec la sensation de flotter en apesanteur, aussi légère qu'une plume.

Dans une liberté totale.

Elle reprit conscience après ce qui lui sembla une éternité. Angelo avait remis de l'ordre dans sa tenue et replacé sagement sa robe sur ses jambes.

— Tout va bien ? s'enquit-il avec une douceur que démentait la rigidité de ses traits.

— Je ne sais pas, avoua-t-elle.

Son cœur battait encore à tout rompre et sa voix sonnait bizarrement à ses oreilles.

— Comment te sens-tu ?

— Je n'imaginais pas qu'un tel plaisir était possible, confessa-t-elle.

— Tu n'en es qu'au début de tes découvertes. Tu es une femme très sensuelle, très réactive. C'était ton premier orgasme ?

— Oui.

— Qu'éprouves-tu ?

— Un immense bien-être… et une certaine excitation.

— Tu dois apprendre à explorer ton corps.

Elle s'empourpra violemment.

— Quand tu seras seule, précisa-t-il avec un sourire mystérieux.

— Pourquoi ?

C'est le seul mot qui lui vint à l'esprit.

— Parce que c'est important.

— Ah...

— Je ne reviendrai pas vers toi avant une semaine.

— *Une semaine ?*

— Oui. Pendant tout ce temps, tu apprendras à te connaître. La prochaine fois, tu me diras de quoi tu as envie.

— Je n'ai jamais...

— Tu en as parfaitement le droit. Ton corps t'appartient. Tu dois savoir ce qui est bon pour toi.

Personne n'avait jamais tenu pareil discours à Natalia, qui se sentit très importante, tout à coup.

— Dors bien, Natalia.

Elle se redressa brusquement.

— Tu t'en vas ?

— Oui, murmura-t-il en lui caressant la joue.

— Mais...

Il se leva et se pencha vers sa bouche tout en pressant son visage entre ses paumes.

Le baiser fut beaucoup trop bref au goût de Natalia.

— Dans une semaine, lui rappela-t-il. Bonne nuit.

Il éteignit la lampe et se dirigea vers la porte sans un regard en arrière.

Et s'il ne revenait jamais ? se demanda Natalia, saisie de crainte.

Il lui avait donné ce qu'elle voulait, mais cela ne lui suffisait pas.

Était-elle si égoïste ?

Son désir était-il condamnable ?

En tout cas, le stratagème qu'Angelo avait inventé leur permettait de s'échapper dans un cocon délicieux où elle avait hâte de retourner. Avec lui.

7

Angelo avait pensé à elle toute la semaine. Partout. Tout le temps. Ses lèvres en bouton de rose le hantaient.

En ce moment même, sous la douche, il revoyait son visage chaviré de plaisir et il avait une envie folle de la rejoindre. Pour la posséder. Vraiment. Entièrement.

Naturellement, il n'en ferait rien.

C'était impossible.

Contraire aux règles qu'il avait fixées lui-même et qu'il regrettait.

Il n'était pas difficile d'apaiser la tension physique. Mais il ne s'agissait pas uniquement de cela. Il avait furieusement envie de sentir les mains de Natalia sur ses épaules, ses jambes autour de ses reins...

Il rêvait de s'enfoncer entre ses cuisses satinées. Il lui laisserait le temps de s'accoutumer à sa présence, puis...

Il ferma les yeux et ouvrit le robinet d'eau froide pour calmer ses ardeurs intempestives. Rien n'y fit. Son odeur emplissait ses narines, et il n'arrivait pas à oublier le goût suave de sa bouche.

Cette obsession le dévorait. Pourquoi ne pouvait-il pas l'oublier ?

Natalia s'était montrée totalement réceptive, et ils étaient restés tous deux inassouvis. Il espérait secrètement effaroucher son innocence, mais n'avait pas réussi. Loin de se dérober à ses caresses osées, elle s'y était pliée avec une concupiscence étonnante pour une ingénue.

Elle s'était livrée à lui sans réserve ni retenue.

Tant de hardiesse le sidérait. Choqué et fasciné tout à la fois, il n'avait qu'une hâte, la retrouver pour poursuivre une initiation prometteuse.

En réalité, Natalia régnait depuis longtemps sur son existence. Depuis le tout premier instant où il l'avait aperçue, elle exerçait sur lui une emprise absolue, et sa présence ne faisait qu'exacerber son ascendant. À présent, il n'y avait pas de retour en arrière possible.

Surtout depuis qu'il avait goûté avec elle aux prémices du plaisir. Il n'avait jamais rien connu de plus exaltant et savait désormais qu'elle était sans égale.

Par le passé, il avait vainement cherché sa pareille. Les noms et les visages de ses conquêtes innombrables se brouillaient maintenant dans son esprit. Aucune ne pouvait rivaliser.

Angelo craignait de perdre le contrôle. Il fallait respecter les règles qu'il avait fixées lui-même...

Il ferma le robinet d'eau froide et se sécha vigoureusement. Il en était à sa troisième douche aujourd'hui, sans parvenir à atténuer la douloureuse sensation de manque.

Une autre angoisse le hantait confusément. Il s'était substitué à son frère. Natalia aurait dû épouser son jumeau et pas lui.

Il enfila son caleçon et ses chaussettes en soie, boucla

la ceinture de son pantalon et noua soigneusement sa cravate en s'exhortant au calme.

Il devait avant tout garder la tête froide.

Le poids de la couronne en or, sur sa tête, le rappela à ses devoirs. Il siégerait ce soir en tant que roi aux côtés de Natalia, au mépris de toute autre considération. Par égard pour son frère défunt.

Ses aspirations personnelles ne devaient pas brouiller ses principes moraux.

Mais ensuite...

Fugacement, l'image de la bouche de Natalia affleura à sa mémoire, avec sa voix implorante qui chuchotait son prénom... Il la repoussa avec fermeté et se força à inspirer profondément.

Ce soir se tenait le bal du couronnement, pour célébrer à la fois l'accession au trône de Natalia et leur union royale. À l'issue de l'événement, il se promettait de l'embrasser de nouveau. Mais pas avant.

Angelo sortit de ses appartements et se dirigea vers le grand escalier de marbre où Natalia devait l'attendre, selon ses instructions. Il avait longuement mûri sa décision avant de fixer le lieu de leur rendez-vous, pour ne pas la rencontrer avant l'heure en privé.

Il ne fallait pas risquer de déraper avant un événement de cette importance. Mais après, tout pourrait arriver. La pure ingénue se rendrait-elle compte des dangers qu'elle courait ? Elle déciderait peut-être de se protéger contre les assauts d'un mâle indomptable et prendrait ses distances.

Confiant et assuré, il avança d'un pas mesuré dans le

couloir interminable, sous le regard sévère des ancêtres dont la galerie de portraits ornait les murs.

Il se concentrait avec dignité sur le devoir qui l'attendait, sans frémir ni hésiter.

Soudain, une longue exhalaison s'échappa de ses poumons, comme sous le coup d'un uppercut.

Natalia était là, telle une apparition.

Une somptueuse robe rouge dos nu exposait la courbe de ses épaules, ainsi que la ligne parfaite de sa colonne vertébrale, jusqu'à la chute des reins. Des diamants scintillaient dans les flots de dentelle de tulle qui retombaient sur ses chevilles.

Elle se tourna vers lui. Des paillettes brillaient sur ses paupières et un rouge écarlate soulignait sa bouche pulpeuse...

— Natalia..., murmura Angelo d'une voix rauque, trahissant malgré lui son émotion.

— Angelo...

Ignorant la petite voix d'avertissement, il s'approcha encore et regretta aussitôt son erreur. Ils n'auraient jamais dû s'appeler par leurs prénoms. Le protocole exigeait plus de rigueur. Comment pouvait-il se relâcher ainsi ?

— Tout va bien ? s'enquit Natalia en percevant son émoi.

Cloué sur place, il n'arrivait pas à surmonter sa fascination. Le doré qui ombrait le regard de Natalia donnait à ses yeux une profondeur incroyable. Il avait peur de s'y noyer. Pourtant il fallait réagir. Même si son trouble était manifeste, même si, derrière la façade d'indifférence et de froideur, il avait toujours succombé à son charme, il devait tout nier en bloc.

La sollicitude de Natalia le touchait. Personne ne s'était jamais soucié de lui, même aux pires moments, par exemple à la mort de son frère, quand on lui avait remis l'urne contenant ses cendres.

— Oui, tout va bien, souffla-t-il.

Il reprit sa respiration en humant son parfum de fleurs printanières.

— Prête ? ajouta-t-il en lui prenant la main.

— Oui, répondit-elle résolument.

Elle glissa les doigts entre les siens avec une expression qu'il se défendit de reconnaître, mais qui le déstabilisa néanmoins.

Son cœur tambourina contre ses côtes.

Une colère noire l'envahit. Cette femme le désarmait malgré lui. Il se sentait exposé, à sa merci, aussi vulnérable et sans défense que trois ans plus tôt, dans le jardin du château de son père.

À l'époque, il avait imaginé qu'ils se ressemblaient, même si tout les séparait puisqu'ils n'étaient pas destinés l'un à l'autre.

Aujourd'hui, cette idée paraissait aussi absurde qu'étrange. L'attirance qu'il ressentait n'était qu'une preuve de plus de son égoïsme.

Les portes monumentales s'ouvrirent devant eux. Quand ils apparurent en haut des marches, tout le monde se tut.

— Leurs Majestés le roi Angelo et la reine Natalia, annonça le majordome.

Toutes les têtes se tournèrent vers eux.

Les doigts de Natalia pressèrent les siens, et ce geste l'émut plus que de raison. Une force sereine irradiait de sa personne. Il était fier de l'avoir à ses côtés et avait presque envie de le clamer à la face du monde.

Il se retint de se pencher pour effleurer ses lèvres d'un baiser. Résisterait-il longtemps à l'instinct qui le taraudait ? Pourquoi s'acharnait-il à maintenir cette frontière indépassable entre leur vie privée et leurs fonctions officielles ? Qu'arriverait-il s'il s'autorisait à la franchir pour former un vrai couple ?

Il avait terriblement peur de la faire souffrir.

En dépit de lui-même, malgré tous ses efforts… Angelo serra avec force la main de Natalia.

Natalia avait virevolté et tourbillonné toute la soirée dans les bras de nombreux cavaliers, mais pas ceux d'Angelo.

L'orchestre alternait avec brio ballades traditionnelles et musiques contemporaines. Le tintement des verres en cristal se mêlait au murmure des conversations feutrées. De temps à autre, des rires et des exclamations fusaient des salons alentour. Les lustres scintillaient de mille feux et des buffets opulents se dressaient sur les tables aux belles nappes damassées.

La présence d'Angelo accompagnait secrètement Natalia. Elle n'avait pas besoin de le chercher pour savoir précisément où il était. Dans cet univers inaccoutumé, cela suffisait à la rassurer.

Elle croisa tout à coup son regard au détour d'une valse.

Il avait un port altier. Les courtisans s'inclinaient devant lui en buvant ses paroles. Lui, tout en parlant, la suivait du regard.

— Il ne vous quitte pas des yeux.

— Pardon ? demanda-t-elle en retournant son attention au vieux dignitaire qui l'avait invitée et dansait horriblement mal.

— Le roi, expliqua son cavalier en souriant d'un air entendu. D'ailleurs, vous faites pareil.

Elle rougit.

— Excusez-moi.

Il secoua la tête.

— Je vous en prie. L'éclosion de votre amour est une joie pour la nation entière.

Leur amour ?

Natalia en perdit le rythme et marcha malencontreusement sur les pieds du ministre.

— Désolé, bredouilla-t-il.

— Cette fois, c'était moi, dit-elle avec un sourire confus.

Il rit de bon cœur.

— Je suis un piètre danseur, reconnut-il. Mais je ne résiste jamais au charme des jolies femmes. Je ne peux pas m'empêcher de les inviter.

Ils continuèrent à évoluer en silence, puis il renoua la conversation.

— À mon âge, j'ai rencontré pas mal de têtes couronnées et de hauts dignitaires, mais personne ne possède la force d'âme du roi Angelo. Il a enduré tellement d'épreuves avant d'accéder à la fonction suprême…

— C'est-à-dire ?

— Il a perdu sa mère, son père… toute sa famille en fait. Et son frère dans des conditions particulièrement tragiques.

— Ah bon ?

Le ministre scruta attentivement son expression.

— L'incendie, ma chère...

— Quel incendie ?

— Le jeune roi Luciano...

Natalia allait de découverte en découverte.

— Le *roi* Luciano ?

— Oui, fit-il. Un monarque si prometteur... mort prématurément quand le feu a ravagé le palais d'été de Camalò, dans la montagne. Tout a été réduit en cendres. On n'espérait plus le retour d'Angelo...

— Où était-il ?

L'interlocuteur de Natalia haussa les sourcils.

— Angelo ? Personne n'en savait rien. Il avait quitté l'Europe. Dieu merci, il est revenu pour assurer la succession. Et je me réjouis aujourd'hui de le voir aussi bien accompagné.

Natalia, qui ignorait tout de cette histoire, n'en croyait pas ses oreilles.

— Votre Majesté, pardonnez-moi de parler peut-être à tort et à travers. Je suis vieux. Accordez-moi votre indulgence.

Elle ne répondit rien.

Centrée sur ses propres préoccupations, elle n'avait jamais posé de questions personnelles à Angelo...

À la fin du morceau, son cœur se mit à battre follement. Il était là. Juste derrière. Elle sentait sa présence dans son dos, avec une acuité incroyable.

Le ministre s'inclina respectueusement en prenant congé. Aussitôt, Angelo posa une main sur sa hanche. Le décor s'obscurcit. Elle ne vit plus que lui.

— Cette danse est pour moi, dit-il avec autorité.

Comme mû par une volonté propre, le corps de Natalia, aussi léger qu'une plume, s'envola littéralement au son de la musique, porté par l'étreinte de son mari. Le souffle de leurs respirations résonnait à ses oreilles. Sa peau frémissait à son contact.

Une sensation bizarre, presque *intempestive*, lui creusa le ventre.

— J'ai besoin de te parler, dit-elle à brûle-pourpoint.

— À quel sujet ?

— Ton frère.

— Il est mort.

— Il a été roi ? C'est *lui* que je devais épouser, n'est-ce pas ?

Une ombre voila le regard d'Angelo, et un muscle tressauta sur sa joue.

— Et donc ?

— Je l'ignorais. Tu m'as caché des choses...

— Pas du tout, protesta-t-il. Tu pouvais te renseigner, poser des questions ou tout simplement chercher sur Internet. Tu n'en as rien fait. Cela ne t'intéressait pas réellement.

— C'est vrai, admit-elle en réfléchissant à voix haute. J'étais surtout préoccupée par mon avenir. Je voulais me marier avec un roi, peu importait qui. Cela me permettait de conquérir ma liberté. Cependant, depuis mon couronnement, tout a changé. Il ne s'agit plus seulement de moi, mais de *nous*.

Angelo redressa les épaules.

— Tu voulais épouser un roi. Ton souhait le plus cher s'est accompli.

— Sans doute, mais l'idée qu'un autre que *toi* m'était destiné...

— Tu t'estimes lésée ? Ne suis-je pas assez bien à ton goût ? ironisa-t-il méchamment. Tu espérais mieux ?

— Je ne m'étais jamais représenté la situation, admit-elle. Je n'imaginais rien. Maintenant...

— Eh bien ?

— Je n'arrête pas de penser à toi. Je veux tout savoir.

— Il n'y a rien d'intéressant à apprendre.

— Je ne suis pas d'accord. Cela m'aiderait à comprendre les émotions qui me submergent et qui nous envahissent, *toi et moi*. Nous sommes embarqués dans un mariage qui nous est imposé par la force des choses. Normalement, cela ne devrait pas m'affecter car c'était prévu de longue date. Mon sort était fixé d'avance. En fait, je me sens très concernée. J'ai besoin de te connaître. Tu as raison, on ne m'a rien expliqué et je n'ai pas cherché à savoir. J'avais juste hâte de m'échapper de ma prison dorée, sans me soucier des circonstances, afin de m'acquitter de ma dette envers ma mère, mon père et mon pays. Lorsque ce jour-là est venu... ce jour tant attendu...

Elle marqua une pause pour respirer profondément.

— Je t'ai découvert avec une émotion imprévisible. Ton baiser... m'a bouleversée. D'un seul coup, je me suis posé tout un tas de questions. J'estime avoir le droit de connaître ton passé parce que tu fais désormais partie de ma vie. Tu n'es plus simplement un roi, mais *mon* roi.

Il lui lança un regard réprobateur et balaya d'un geste l'assistance.

— Je suis *leur* roi. J'appartiens au peuple, comme toi.

Il se pencha à son oreille.

— C'est pourquoi il est nécessaire d'établir des règles entre nous. Il faut séparer nettement les sphères publique et privée. Nous ne devons jamais oublier qui nous sommes.

— C'est-à-dire ?

Elle le savait mais voulait l'entendre encore une fois de sa bouche. Car son corps refusait de se soumettre aux conditions drastiques d'Angelo. Trop de sensations l'agitaient entre les bras de cet homme.

Il s'écarta, comme pour donner plus de poids à ses paroles.

— Deux monarques célébrant l'heureuse union de leurs nations. Ce qui se passe entre eux dans l'intimité, quand la petite lampe est allumée, ne doit pas interférer avec leurs fonctions régaliennes.

— J'ai du mal à séparer les deux, admit-elle en toute franchise.

Tout se brouillait dans son esprit. Depuis le tout premier baiser à l'église, rien n'était pareil. Elle avait changé. Irrémédiablement.

— Pas moi, déclara-t-il.

— Je ne te crois pas.

— C'est pourtant la vérité.

— Non. Tu mens, j'en suis sûre. Tu éprouves la même chose que moi. Dès que nous sommes ensemble...

Il la lâcha brusquement et recula avec raideur.

— Angelo...

— *Altesse*, corrigea-t-il sèchement.

Décontenancée, mais refusant de se laisser impressionner, elle leva fièrement le menton.

Puis, se retranchant derrière son orgueil, elle lui tira sa révérence.

— Bonne nuit, *Altesse*.

Elle avait compris la leçon. Dorénavant, puisqu'il le voulait ainsi, elle se cantonnerait à son rôle de reine.

Elle tourna les talons, monta rapidement les marches et disparut derrière les lourds battants. Dès que la porte se referma, elle se mit à courir.

Très vite.

Elle s'arrêta seulement en pénétrant dans ses appartements. Là, tout essoufflée, elle s'affaissa sur le sol dans un flot de tulle rouge.

Natalia ferma les yeux, inspira et expira profondément, plusieurs fois de suite, en se concentrant sur les pulsations qui battaient à ses tempes. Elle avait du mal à comprendre ce qui lui arrivait.

L'ambition qui avait gouverné son existence lui semblait tout à coup dérisoire. Elle s'était crue assez forte et déterminée pour régner sur son peuple en réalisant les aspirations de sa mère. En fait, elle se mentait à elle-même. Les apparences masquaient une timidité et des craintes de petite fille.

Elle avait peur de ne pas mériter l'amour de son père, peur de ne pas être à la hauteur de celle qui était morte en lui donnant le jour.

Ces émotions trop longtemps refoulées surgissaient à présent avec la violence d'un raz-de-marée. Des blessures anciennes, jamais cicatrisées, avaient nourri un ressentiment et une amertume infinis. La joie et la douceur de vivre lui étaient inconnues. Le fardeau de sa dette l'écrasait. Parviendrait-elle jamais à s'en acquitter ?

Pour être une reine digne de ce nom, il fallait surmonter ses regrets et ses peurs...

Un coup impérieux à la porte la fit tressaillir.

Sans réfléchir ni hésiter, elle se leva et ouvrit.

C'était lui.

— Laisse-moi entrer, Natalia. Je veux te montrer quelque chose.

— Quoi ? demanda-t-elle, sur la défensive.

Elle n'avait pas confiance et redoutait de se retrouver à nouveau en état d'infériorité. Une douleur confuse l'étreignait, qui n'avait rien à voir avec le désir ou la frustration sexuelle.

— Je veux t'expliquer d'où te vient cette impression que nous sommes connectés.

— Tu le sais ?

— Oui. Tu dois connaître cette histoire. Tu mérites la vérité.

Toute sa vie, Natalia avait évité les sujets qui ne se rapportaient pas directement à son dessein. Elle ne poursuivait qu'un seul but, exaucer les rêves de sa mère. Rien d'autre ne comptait.

Angelo éveillait sa curiosité.

— Eh bien ? lança-t-elle après avoir refermé derrière lui.

— Mets-toi devant la glace.

Intriguée, elle s'exécuta.

Il la rejoignit et se plaça juste derrière. Elle sentait son souffle sur sa nuque.

— Tends les bras.

Elle obéit et les leva sur le côté.

Il posa les doigts sur ses épaules, puis les glissa sous ses aisselles et descendit lentement à l'intérieur, jusqu'à ce que leurs paumes se joignent. Ainsi soutenue, elle se sentait extraordinairement légère. *En sécurité.*

— Que vois-tu ? demanda-t-il doucement.

Un roi sévère et une reine aux joues empourprées...

— Je nous vois, tous les deux.

— Oui... Mais moi, je ne suis pas celui que tu crois.

— Comment cela ? Je ne comprends pas.

— Il y a trois ans, un roi qui devait épouser une certaine princesse refusa de rencontrer son père pour conclure sa promesse et dépêcha quelqu'un d'autre à sa place.

— Qui ?

— Son frère jumeau, qui lui ressemblait comme deux gouttes d'eau.

— Personne n'a rien remarqué ?

— Non. Même leur propre père n'arrivait pas à les distinguer.

— Vraiment ? Rien ne les différenciait ?

— Non. Ils étaient parfaitement identiques.

Ce devait être terrible, songea Natalia, qui n'avait jamais douté d'être aimée pour elle-même, sans crainte d'être confondue avec un double. Néanmoins, elle avait souffert aussi d'être parfois éclipsée par le souvenir flamboyant de sa mère.

Leurs regards se rencontrèrent dans le miroir.

— Ils échangeaient souvent leurs places ? demanda-t-elle.

— Tout le temps.

— Pourquoi ?

— L'un des deux frères voulait rester dans l'ombre, alors que l'autre aimait la lumière.

— Même s'il usurpait les honneurs dus à son jumeau ?

— Oui.

Elle attendit avec curiosité la fin de ce récit dans lequel Angelo parlait de lui à la troisième personne.

— Le frère du roi se rendit au château du pays voisin afin de négocier les traités diplomatiques. Il avait tellement l'habitude de prendre la place de son frère lors d'occasions officielles que cela ne le gênait aucunement.

« Le palais l'enchanta. Immédiatement. Dès qu'il posa le pied à terre. C'était un endroit mystique, tout droit sorti d'un conte de fées. Et plein de secrets. »

— Quels secrets ?

— Une princesse merveilleuse se cachait à l'intérieur.

— Mais où ?

— Il l'aperçut dans la verdure d'un jardin luxuriant, prise au piège d'un labyrinthe dont elle n'avait pas conscience. Sa condition émut le frère du roi.

— Il l'a prise en pitié ?

— Oh non, pas du tout. Parce qu'elle lui ressemblait. Il voyait en elle son propre reflet.

Leur image, dans la glace, illustrait parfaitement ses propos.

— En attendant d'être appelée pour remplir ses devoirs, elle restait dans l'ombre, exactement comme lui, le suppléant au trône. D'une manière inexplicable, il se reconnut en elle et désira celle qui était promise à son frère. Instantanément, il eut envie de la délivrer et de la conquérir pour lui-même.

Le cœur de Natalia se mit à battre follement.

— Il l'a fait ?

— C'était trop égoïste, et donc impossible. Même si elle ne le connaissait pas et ne se serait pas rendu compte de la méprise, il n'avait pas le droit de s'approprier une fiancée qui ne lui était pas destinée.

Les yeux de Natalia s'embuèrent. Elle avait eu plusieurs

fois l'impression que cet homme incarnait son destin. Devant l'autel, le jour de leur mariage. Puis la fois où elle lui avait volé un baiser. Et quand elle l'avait supplié de l'embrasser encore...

— Elle t'aurait reconnu et accepté, suggéra-t-elle.

— En se manifestant, il aurait trahi son frère. Il n'avait pas le droit de la séduire.

— Même si elle était consentante ?

— Oui.

Il s'approcha encore, jusqu'à la toucher, et des picotements coururent sur son ventre.

— Elle aurait négligé son rang et ses devoirs. Il se serait senti encore plus coupable qu'il n'était.

Natalia baissa les bras et se tourna vers lui. Une larme roula sur sa joue.

— Pourquoi pleures-tu ?

Comment n'aurait-elle pas été émue par cette histoire ? *Leur* histoire. Quand tout avait commencé entre eux, sans même qu'elle le sache.

— Il ne faut pas plaindre cet homme, reprit Angelo. Finalement, il a obtenu ce qu'il voulait. Il a gagné. La Couronne et la princesse.

Obéissant inconsciemment au désir de Natalia, Angelo abandonna le mode impersonnel pour relier son récit à l'instant présent.

— Et la princesse éprouve elle aussi cette connexion qui les unit tous les deux depuis longtemps.

« Car cette princesse, c'est *toi*. »

8

Angelo retint son souffle en guettant la réponse de Natalia.

Obscurément, il avait besoin de connaître la réaction de cette femme qui n'aurait jamais dû être sienne.

En réalité, ils n'étaient pas pareils. Leurs destins n'avaient rien de commun. Celui de Natalia était de devenir reine. Elle était née pour régner. Pas lui.

Allait-elle le rejeter, tel un usurpateur ?

Car la place qu'il occupait appartenait de droit à un autre. Depuis le tout début, il avait dérobé en pensée à son frère jumeau cette princesse de conte de fées.

Ses fantasmes coupables s'étaient concrétisés. Il vivait à présent dans le mensonge et la tromperie, mais il était trop tard pour revenir en arrière et changer le passé.

Maintenant qu'elle connaissait toute l'histoire, elle devait se sentir prise au piège et regretter d'avoir épousé un imposteur.

Il n'était pas celui qu'elle croyait...

En dépit de tout, pendant qu'il s'élançait dans l'escalier la rejoindre dans ses appartements, il avait pris sa décision.

Il la séduirait. Ce soir même.

Avant qu'elle découvre la vérité toute seule, par ses propres moyens, par exemple en tapant son nom sur Internet. Elle connaîtrait alors sa véritable nature. L'être égocentrique, assoiffé de gloire, qui avait tué le *vrai* roi ne méritait que son opprobre.

Une bile amère monta dans sa gorge. Sa poitrine se comprima douloureusement.

Il n'aurait pas dû lui livrer la vraie version de leur histoire. Il aurait mieux valu lui faire croire autre chose, la conforter dans sa conviction qu'ils étaient faits l'un pour l'autre.

Depuis toujours et pour toujours.

Il n'avait pas pu s'empêcher de tout lui raconter. Maintenant, elle n'ignorait plus rien de lui, ce manipulateur égoïste qui avait volé la couronne du roi en titre...

Mais la rage de gagner l'animait, encore et toujours.

Il était prêt à tout pour charmer Natalia, quitte à travestir son passé pour le rendre acceptable. Beau parleur, il l'envoûterait avec les mots qu'elle voulait entendre et, subjuguée, elle l'inviterait dans son lit. Il s'adonnerait alors au plaisir de la chair jusqu'à ce que disparaisse la brûlure qui le dévorait.

À ce moment-là, il n'importerait plus que Natalia découvre sur lui des vérités offensantes ou désobligeantes. Tout serait fini.

Il prit son menton entre le pouce et l'index.

— Invite-moi dans ta chambre.

Les yeux de Natalia s'agrandirent démesurément.

Elle était à lui.

Le *destin* en avait décidé ainsi.

Très lentement, il suivit le dessin de sa mâchoire et descendit le long de son cou gracile, qu'il enserra délicatement.

Il ne dit pas combien il avait attendu cet instant, trois longues années durant. Le poids qui l'oppressait depuis si longtemps s'allégeait brusquement. Il avait l'impression de recommencer à respirer après avoir craint l'étouffement. Elle était l'air dont il avait besoin.

Son récit l'avait libéré d'une tension insupportable.

Il ferma les paupières et se pencha à son oreille pour humer son parfum. Complètement. Pour la première fois.

Quel délice... Il était à la fois au supplice et étrangement heureux.

Il se rendait enfin à l'évidence. *Elle* lui était nécessaire.

Il se livrerait tout entier à la passion. Ensuite, une fois ses sens assouvis, le brasier s'éteindrait de lui-même.

Angelo inspira de nouveau la fragrance fleurie et enivrante.

— Emmène-moi dans ton lit, princesse, murmura-t-il d'une voix rauque. Tu en meurs d'envie. Tu m'as choisi, tout comme moi je t'ai choisie en ce jour lointain dans le jardin de ton palais. Invite-moi au creux de ton corps. Livrons-nous tous les deux à cette force incontrôlable qui nous pousse l'un vers l'autre, inéluctablement.

Ses paroles embrasèrent littéralement Natalia.

Devant la rougeur de son front et ses joues, une exclamation s'étrangla dans sa gorge.

Oh ! ce serait si facile de mettre un terme à cette torture ! Il suffisait de capturer ses lèvres. Elle capitulerait sans même avoir besoin d'acquiescer. Mais Angelo voulait son consentement.

Dans son esprit, Natalia était libre de refuser.

Sa main sur sa gorge se relâcha, et il plongea les yeux dans les siens, comme pour s'y noyer. Il lisait là le mensonge auquel il voulait croire, comme une ultime trahison de sa princesse innocente et inaccessible.

— Telle est notre destinée, ajouta-t-il en se convainquant lui-même. Nous étions voués à nous rencontrer. Notre instinct et une mystérieuse alchimie nous assignaient l'un à l'autre, de toute éternité. Choisis cet instant qui s'offre à nous. Prononce-toi. Dis-moi oui.

Ses mots sonnaient juste. Il mentait si bien...

En réalité, il agissait par pur égoïsme, sans souci des conséquences.

Il avait toujours été avide et impatient, envieux d'atteindre ce qui était hors de portée.

Une fois de plus, il réussirait. Comme d'habitude.

— Non, dit Natalia.

Le sol se déroba sous les pieds d'Angelo.

— Non ? répéta-t-il, sans comprendre.

Elle le scruta attentivement, les sourcils froncés par la consternation.

— Pas comme cela.

Elle s'écarta et recula, le déstabilisant du même coup. Il lui fallut rassembler toutes ses forces pour s'empêcher de la retenir. Il faillit s'imposer brutalement et ne résista qu'au prix d'un effort surhumain.

Comment pouvait-elle ne pas le *choisir* ? Le rejeter ?

L'avait-elle percé à jour ? Un remplaçant, une doublure, ne convenait pas à une reine de naissance...

La femme idéalisée de ses fantasmes n'existait pas dans la réalité. Celle qui se tenait devant lui en chair et en os lui échappait. Loin de lui ressembler, elle avait un sens aigu de ses obligations et nourrissait des sentiments et des émotions authentiques. Envers son peuple.

Et envers *lui*.

Elle n'était pas dupe de ses mensonges et voyait clair.

Le souffle court, elle le dévisagea.

— Enlève ta couronne, commanda-t-elle avec autorité.

Il se prépara au pire.

Elle allait le démasquer, le bannir à tout jamais de son existence.

Elle ne voulait pas de ce destin aux côtés d'un usurpateur qui avait de surcroît causé la mort de son frère.

Angelo obtempéra et lui tendit sans mot dire le symbole du pouvoir royal. Ses mains tremblaient, et il serra les dents pour se maîtriser.

— Pose-la là, dit-elle en indiquant une table basse.

Il s'exécuta sans mot dire, puis la rejoignit, tête nue. Il redevint tout à coup le petit garçon qui faisait semblant d'être Luciano et attendait sa punition dans le bureau de son père. Mais, cette fois-ci, il méritait son châtiment car il était le seul coupable.

Il soutint son regard tandis qu'elle enlevait sa couronne à son tour. Sa poitrine montait et descendait au rythme de sa respiration saccadée.

Sur des charbons ardents, il eut envie de la supplier à genoux d'en finir avec ce supplice. Il méritait d'être confondu, rabaissé, puni.

Il guettait anxieusement les mots qui sortiraient de sa bouche. Elle allait le répudier, c'était sûr.

Il s'apprêta à recevoir le coup fatal.

— Si nous nous étions rencontrés dans ce jardin, il y

a trois ans... Si tu étais venu à moi..., déclara-t-elle avec un débit haché. Tu me serais apparu tel qu'aujourd'hui. J'aurais ressenti la même chose qu'en ce moment.

N'y tenant plus, il lui coupa la parole.

— Explique-toi plus clairement.

Elle alla placer sa couronne à côté de la sienne avant de reprendre sa place, le regard brillant.

— Si tu avais choisi de te faire connaître, nous aurions été égaux.

— *Égaux* ? répéta-t-il en écho.

— Je n'étais pas reine à l'époque. Ma vie avait à peine commencé.

Théâtralement, elle posa une main sur son cœur.

— Je n'imaginais pas avoir le moindre choix pour mon avenir qui était tracé d'avance, dès ma naissance. Quoi qu'il en soit, je t'aurais reconnu. J'aurais ressenti cette alchimie qui nous rapproche malgré nous. Je n'aurais pas pu l'ignorer. Je me serais jetée dans tes bras.

L'instinct d'Angelo lui commandait de dire la vérité. Cette alchimie était purement sexuelle, éphémère. Tôt ou tard, le désir s'éteindrait. Ils se lasseraient l'un de l'autre.

Mais pouvait-il réellement rompre le charme ?

Il aurait fallu tout raconter dans les détails, la décadence du royaume et la mort de Luciano, juste parce qu'il avait choisi de suivre la pente de la facilité et de l'égoïsme. Il avait préféré briller pour lui-même au lieu de rester dans l'ombre pour aider son frère.

Non. Ce soir, Natalia serait à lui et crierait son nom dans la nuit. Il prendrait son plaisir et lui en donnerait en retour. Le souvenir serait gravé en lui, à jamais. Car cela n'adviendrait plus. Il lui révélerait sa traîtrise et tout serait fini.

Son destin ne lui offrait qu'une alternative. La Couronne ou Natalia. Bien évidemment, il devait choisir la Couronne. Il était impossible d'avoir les deux. Natalia avait raison. On ne pouvait pas tout mélanger. La frontière entre vie publique et intimité était beaucoup trop ténue et difficile à respecter.

Le passé lui avait servi de leçon. Dorénavant, il ferait le bon choix.

Natalia souffrirait, mais cela ne durerait pas parce qu'elle serait lucide et connaîtrait sa vraie nature.

Le tempérament avide et insatiable d'Angelo le poussait toujours plus loin, à la limite de l'illicite et l'interdit.

S'il avait tellement envie de Natalia, c'était parce qu'elle n'aurait jamais dû être à lui. Elle était destinée à un autre, à son frère. La mort de ce dernier n'y changeait strictement rien, et il avait honte.

Naturellement, il se garda bien de la détromper et la laissa tomber dans le piège de la séduction...

— Je choisis fièrement mon destin... *notre* destin, rectifia Natalia en redressant le menton. Les personnes que nous sommes aujourd'hui auraient pu se rencontrer il y a trois ans. Ce sont les mêmes. La fatalité nous aurait réunis tôt ou tard. Maintenant, j'aimerais...

— Quoi donc, Natalia ? la pressa-t-il comme elle hésitait.

Il voulait l'entendre de sa bouche.

— J'aimerais faire l'amour avec toi, répondit-elle faiblement.

Sa hardiesse lui coupa le souffle.

À présent, les rôles s'inversaient. C'était elle la séductrice.

Une douleur douce-amère le transperça, comme une plaie ancienne qui se rouvrait.

Il ôta sa veste et la jeta à terre, puis dénoua sa cravate et déboutonna sa chemise. En l'espace de quelques secondes, il se débarrassa de son pantalon, son caleçon, ses chaussettes et ses chaussures, et se retrouva nu devant elle.

Natalia le contempla en silence et réprima une exclamation en remarquant son érection. Un tremblement la parcourut tout entière.

— Natalia...

Incapable de poursuivre, Angelo se tut.

Comprenant néanmoins ce qu'il demandait, Natalia descendit la fermeture Éclair de sa robe, dévoilant ses épaules nacrées. Puis elle tira sur la jupe, et le tissu glissa pour révéler la rondeur parfaite de ses seins.

Bientôt, des flots de dentelle et de satin tombèrent sur le sol et elle apparut presque nue, simplement parée de lingerie rouge.

Même ainsi, elle avait un port de reine. Angelo était complètement séduit.

— Approche, dit-il.

Elle obéit docilement, et il s'agenouilla pour défaire les lanières de ses hauts talons autour ses chevilles.

— Appuie-toi sur mes épaules et pose les pieds par terre, commanda-t-il, impatient de sentir la pression de ses doigts sur sa peau.

Au moment où elle obtempéra, il faillit perdre la tête et la posséder là, sur-le-champ, sans plus attendre. Il voulait réaliser enfin son vœu le plus cher et s'oublier en elle.

Mais c'était impossible.

Cela ne correspondait pas tout à fait à son fantasme.

La vierge pure et innocente qui hantait ses rêves depuis trois ans se tenait en tremblant devant lui...

— Angelo...

Il secoua la tête.

— Chut... Déshabille-toi complètement.

Natalia s'offrait à lui de son plein gré. Il ne fallait rien hâter.

— Maintenant nous sommes égaux, observa-t-il quand elle fut complètement nue.

Elle acquiesça, écarlate.

Cela lui suffisait. Les mots étaient superflus.

Ce soir, elle lui appartenait. Peu importait par quels moyens il était parvenu à ses fins.

Il prit son visage entre ses paumes et sombra dans le vert lagon de ses yeux.

Natalia se sentait en parfait accord avec *lui*. Angelo.

Toute sa vie, elle avait cru que l'accession au trône représentait le but ultime à atteindre.

En fait, non. C'était cet homme, qui lui révélait sa féminité.

Débarrassés de leurs vêtements et des symboles du pouvoir, ils étaient égaux. Libres de s'abandonner pleinement à l'alchimie inexplicable qui les ensorcelait.

Pas le moins nerveuse ou vulnérable, elle avait l'impression de renaître.

Son roi caressait ses joues avec une douceur infinie, pleine de tendresse.

Sa bouche toute proche attendait paisiblement un baiser.

Ils n'avaient nul besoin de parler. Le cours des événements semblait préétabli, dicté par la fatalité.

Leur instinct les guida.

Leurs bouches s'approchèrent.

Leurs lèvres se joignirent.

La langue d'Angelo s'insinua plus avant, et Natalia se pressa contre son torse. Puis, elle enfouit les doigts dans les cheveux de sa nuque pour l'attirer plus près.

— Natalia...

— Angelo ! s'écria-t-elle en détachant chaque syllabe de son nom.

Avec un grondement sourd, il plaqua les mains sur ses fesses.

— Enroule tes jambes autour de moi, ordonna-t-il dans un souffle.

Elle s'accrocha éperdument à lui.

— *Angelo !* répéta-t-elle en se pressant contre son sexe érigé.

C'était trop et trop peu à la fois.

Il se dirigea vers la chambre et s'assit au bord du lit en la tenant toujours à califourchon.

Au bord du vertige, Natalia renversa la tête en arrière.

— Frotte-toi contre moi, dit-il.

— Comment cela ?

— Cherche ton plaisir, comme avec ma main. Ou ma bouche.

Il la guida en agrippant ses hanches.

Elle ferma les paupières.

— Oh...

Elle s'abandonna peu à peu, arquant les reins à sa rencontre, offrant ses seins à ses baisers avides.

— *Oh !* cria-t-elle soudain.

Son corps réclamait davantage, et Angelo céda de bonne grâce à ses instances, jusqu'à ce qu'elle prenne tout naturellement le relais, sans plus savoir qui, d'elle ou de lui, l'entraînait vers le paroxysme.

— Regarde-moi, s'écria Angelo tout à coup en levant la tête.

Elle s'offrit tout entière à sa vue, dans un oubli de soi total, au-delà de toute pudeur.

— Angelo, je...

— Jouis, ma princesse. Pour *moi.*

Son plaisir explosa comme un feu d'artifice.

L'amour lui donnait des ailes.

L'amour ? s'interrogea-t-elle furtivement.

Le cœur battant, elle contempla curieusement son initiateur. Son mari. Que lisait-elle au fond de ses yeux envoûtants ? Du désir ou autre chose ? Quelle était la vraie nature de cette connexion mystérieuse, indéfinissable ?

Cédant à une impulsion irrépressible, elle l'embrassa à pleine bouche.

— J'ai envie de toi, gémit-il en la renversant sur le dos.

— Moi aussi, répliqua-t-elle. Furieusement.

Elle posa une main sur sa joue.

— Je t'en prie, supplia-t-elle d'un ton ardent.

Il hésita.

— Natalia...

— *S'il te plaît*, l'implora-t-elle en s'arc-boutant à sa rencontre.

Avec un rugissement, il s'enfonça en elle, au plus profond, puis attendit quelques secondes en guettant sa réaction. Elle poussa d'abord un gémissement étonné, puis un long soupir de satisfaction.

Rassuré, il commença à bouger.

— Comme tu es belle ! s'exclama-t-il en scrutant ses traits.

— Toi aussi, tu es beau, répliqua-t-elle d'une voix altérée.

Elle se sentait heureuse. Il lui avait raconté le début de leur histoire. Cela ressemblait à un conte de fées.

Elle était séduite.

Et il lui faisait l'amour.

L'amour... Encore ce mot qui résonnait comme une moquerie. Une douce chaleur irradiait son corps, un bien-être infini...

Était-ce vraiment l'amour ?

Peu importait.

— Plus vite, murmura-t-elle pour encourager Angelo. Plus fort, mon roi. Mon mari... Mon Angelo.

Des gouttelettes de transpiration perlaient aux tempes d'Angelo. Un masque presque douloureux se figea sur ses traits tendus.

Aux prises avec un conflit intérieur, Natalia s'interrogeait. Son corps était à Angelo. Mais son cœur lui appartenait-il aussi ?

Cessant de réfléchir, elle se laissa emporter par la force de ses sensations. Seul le plaisir comptait. *Leur* plaisir à tous les deux.

— Tu es parfaite, chuchota Angelo. Encore plus merveilleuse que dans mes rêves les plus fous.

Ses va-et-vient s'accélérèrent. Puis, tout à coup, il cria son nom.

— *Natalia !*

Submergée par la violence de ses émotions, Natalia succomba à son tour.

— *Angelo !*

Le temps cessa d'exister. Ils se rencontraient enfin et se soumettaient au destin qui aurait dû les réunir trois ans plus tôt, dans le jardin du palais de Vadelto.

Leurs souffles saccadés se répondirent tandis que leurs corps se confondaient pour ne former plus qu'un. Ils s'étaient enfin choisis l'un l'autre.

De longues minutes s'écoulèrent avant qu'ils reprennent conscience.

— Merci, murmura Natalia à l'oreille d'Angelo. C'était merveilleux. Cela dépasse toutes mes espérances. Mais... Je ne suis pas encore comblée.

D'où lui venait cette insatisfaction bizarre ? Cette sensation que quelque chose manquait à son bonheur ?

Elle l'avait déjà senti le jour de son mariage et lors de son couronnement. Ce soir encore, une nostalgie poignante l'étreignait.

Ses parents avaient-ils éprouvé eux aussi cette impression diffuse ? Un lien plus fort que tout les vouait à l'éternité, bien au-delà des vœux du mariage et des obligations officielles. Elle en avait la conviction profonde...

Ses ongles s'enfoncèrent dans la chair des épaules d'Angelo, comme pour le retenir plus longtemps en elle.

Quel mystère l'attachait à cet homme ?

Était-elle amoureuse ?

Aussi vite ?

Son cœur battait la chamade.

— Pas encore comblée ? demanda Angelo.

Elle le voulait tout entier à elle. Mais c'était un aveu impossible.

— Je veux recommencer, dit-elle en se gardant d'avouer la vérité.

9

Angelo n'avait pas besoin de se faire prier.

Il était encore en elle, dans la moiteur de son sexe. Pourtant, le désir renaissait déjà, avec une vigueur inouïe.

Le visage niché au creux de son cou, il s'enivrait de son odeur grisante. Leurs cœurs battaient à l'unisson. Il ne parvenait pas à la quitter.

Il avait peur.

Peur de ne *jamais* pouvoir se rassasier.

Il redoutait de lire la même soif inextinguible dans les yeux de Natalia.

Où les mènerait cette folie ?

Il bougea très légèrement. Natalia répondit par une contraction instinctive. Son corps réagissait intuitivement.

Il était perdu... En même temps, il se reprocha de se comporter aussi égoïstement. Malgré la folle envie qui le tenaillait, il s'exhorta à la sagesse et la raison.

Natalia vivait sa première fois. Il fallait la ménager, l'entourer d'égards et de douceur.

L'esprit vif, il se redressa et commença à se retirer.

— Non, grogna-t-il en s'arrachant à regret.

— Attends ! gémit-elle.

Il céda à la lueur de désir, dans ses yeux émeraude.

Un soupir soulagé s'exhala de ses lèvres entrouvertes. Ce serait si facile de lui refaire l'amour… Ils s'accordaient parfaitement.

Physiquement.

Mais que se passerait-il lorsqu'elle découvrirait qui il était vraiment ?

Quand elle mènerait sa petite enquête sur Internet, elle apprendrait de quelle façon ignominieuse il avait abandonné, non seulement son frère, mais son peuple et ses responsabilités de prince. Sans parler de ses engagements personnels auprès de diverses ONG et associations caritatives. Il avait tout arrêté d'un coup, avec un mépris total pour toutes les parties concernées.

Il avait honte.

— Tu as besoin de te détendre avec un bain, princesse, déclara-t-il en s'écartant.

Il roula sur le côté et ferma les paupières en inspirant profondément. Il devait se maîtriser, rester à sa place.

Jamais il ne se serait l'égal de Natalia. Pas après ce qu'il avait fait. Il avait volé la vie de son frère et la femme que ce dernier aurait dû épouser. L'équilibre ne se rétablirait jamais, même s'il le souhaitait. Même s'il soupçonnait la possibilité d'une vie différente avec Natalia.

Elle bougea à côté de lui, mais il guetta en vain le bruit de ses pas.

— Je ne veux pas prendre de bain, dit-elle en posa une main sur son dos.

— Tu as tort. Cela te ferait du bien.

— C'est à moi de décider, protesta-t-elle.

Il se renfrogna dans le silence, mais elle revint à la charge.

— Regarde-moi, Angelo. S'il te plaît.

Il lui fit face à contrecœur. Comme elle était belle, avec ses cheveux emmêlés, ses pommettes roses et ses seins fièrement dressés !

— J'ai envie de *toi*, déclara-t-elle en maîtrisant le tremblement de sa voix.

— Non, maugréa-t-il un peu trop sèchement.

Un combat douloureux se livrait dans son for intérieur. Natalia l'avait choisi sur un malentendu, sans le connaître réellement.

— Laisse-moi, bougonna-t-il avec humeur.

— Mais je...

Elle porta les mains à son cœur.

— J'éprouve confusément toutes sortes de choses très intenses, reprit-elle. Je ne comprends pas ce qui me trouble. Je...

— Il ne s'agit pas de sexe, coupa-t-il.

Il aurait pourtant été si facile de prétendre le contraire...

Elle se mordit la lèvre.

— Alors, que m'arrive-t-il ? Explique-moi comment recouvrer un peu de calme.

Il se crispa nerveusement, mais sans répondre.

— Prends-moi dans tes bras, reprit-elle.

— Pourquoi ?

— Je suis émotive.

Elle paraissait terriblement fragile, tout à coup.

— J'ai besoin d'être rassurée, soupira-t-elle.

Sans plus attendre, elle se pelotonna contre lui.

— Serre-moi fort.

Comment aurait-il résisté ? Il la tint contre lui, tout en se maudissant intérieurement. Curieusement, cette étreinte lui sembla infiniment plus intime que l'acte sexuel.

Il n'avait jamais enlacé ainsi aucune de ses maîtresses et ne connaissait ni la tendresse ni le réconfort. Mais Natalia était si douce, si vulnérable...

Et ils étaient si bien, blottis l'un contre l'autre...

— Je suis désolée, murmura-t-elle.

Il se raidit.

— Ne t'excuse pas, répliqua-t-il en enfouissant le nez dans ses cheveux.

C'était lui le seul responsable. Il aurait dû réfléchir aux conséquences de ses actes. On ne séduisait pas impunément une jeune fille innocente.

Il ne l'avait jamais fait.

Jusqu'à maintenant.

Très doucement, il lui caressa le dos. Puis il la saisit par les coudes.

— Passe les bras autour de mon cou.

Natalia s'exécuta docilement.

Elle avait *confiance*, songea-t-il avec une vive émotion.

Il la souleva délicatement, écarta les couvertures et la déposa entre les draps, la tête contre les oreillers.

— Tu vas t'en aller ? demanda-t-elle.

Maintenant, ce n'était plus possible.

— Non, la rassura-t-il. Tourne-toi sur le côté.

— Pourquoi ?

— Je vais te montrer.

Il se colla tout contre elle, son ventre contre ses fesses.

— Pouvons-nous parler ?

— Parler ? répéta-t-il, un peu décontenancé.

— Oui.

Plus détendue, elle exhala un long soupir de bien-être.

— Raconte-moi encore une histoire.

— Je n'en connais pas d'autre.

En tout cas, il n'avait pas la moindre envie de poursuivre le récit de sa vie.

— Celle de la lampe, suggéra Natalia en refermant son bras sur sa poitrine. Pourquoi fallait-il l'allumer ?

— Parce qu'il faisait nuit.

— Mais non, pas seulement...

— Cela faisait partie d'un rituel...

— Qui a commencé quand ?

Angelo se surprit à s'épancher tout naturellement. Leurs chuchotements, dans le noir, renforçaient une délicieuse intimité.

— Nous avions sept ans. Peut-être un peu moins.

Sa gorge se serra.

— Luciano avait eu une mauvaise note à sa récitation de poésie latine. Il me reprochait de ne pas avoir appris ma leçon.

— Ce n'était pas ta faute !

— Si. Les gens n'arrivaient pas à nous différencier. Nous intervertissions souvent nos rôles. Personne ne s'en rendait compte. Ce jour-là, j'avais pris sa place.

— Ton père devait tout de même vous reconnaître...

— Non. Il ne me prêtait aucune attention. Je n'avais aucune importance à ses yeux.

— Tu étais son fils...

— Mais pas l'héritier en titre.

— Que s'est-il passé ?

— Luciano et moi, nous nous sommes battus. Nous étions très en colère. Le lendemain, nous avons été sévèrement punis à cause des bleus et des ecchymoses que nous avions partout sur le corps et le visage.

— Qu'est-ce que cela a à voir avec la lampe ?

— Quand nous l'allumions, il n'était pas question de nous disputer. Nous devions résoudre les problèmes paisiblement, comme des frères, à égalité. Il n'y avait plus ni héritier ni suppléant.

— Et cette lampe n'a plus servi après la mort de ton frère.

— Exactement.

— Je comprends mieux, maintenant, dit-elle en lui pressant la main.

— Quoi donc ? demanda-t-il en regrettant aussitôt sa question.

Il lui donnait tacitement la permission de fouiller dans son passé, ce que pourtant il ne souhaitait pas...

— Les secrets et les confidences doivent rester dans l'ombre et ne pas éclater au grand jour, expliqua-t-elle.

— Voilà, oui. La féminité que tu découvres la nuit ne doit pas empiéter sur ton rôle et tes obligations officiels. Il est de mon devoir de protéger la femme et la reine.

— Et qui te protégera, toi ?

— Natalia...

Elle ignora l'avertissement.

— Avant ce soir, je pensais faire la part des choses et distinguer clairement la frontière entre vie publique et vie personnelle. Maintenant, je n'en suis plus si sûre. J'ai des désirs et des besoins qui ne disparaîtront pas aussi facilement qu'on éteint une lampe.

— Il en va de même pour moi. Et pourtant, il le faut.

— Je refuse de me couper en deux. Je suis la même ici, avec toi, et sur le trône devant une assemblée. Tu restes celui qui m'a tenu la main dans l'obscurité pour me révéler à moi-même. Pourquoi faudrait-il nous dédoubler, faire semblant d'endosser une autre personnalité dans l'espace public ? Notre titre ne change pas ce que nous sommes à l'intérieur. J'aspire plutôt à me sentir entière et accomplie.

Angelo ferma les yeux. Demain, il lui dirait tout parce qu'elle méritait la vérité. Ils ne formeraient jamais un vrai couple. Il n'était pas digne de sa pureté.

Mais, pour cette nuit, il s'accommoderait d'un faux-semblant. C'était trop agréable de se serrer contre elle en prolongeant l'illusion que tout était possible.

— Assez bavardé. Ferme les yeux, princesse. Il faut dormir, maintenant.

Il guetta le bruit de sa respiration régulière en s'abandonnant à la quiétude de l'instant. La sérénité le gagna petit à petit.

Tant pis s'il se mentait à lui-même.

Il avait trop envie de croire au mirage de ce bonheur fragile.

Il se laissa aller tout doucement vers le sommeil en faisant comme si tout allait bien.

En savourant la tiédeur satinée de ce corps de femme entre ses bras.

10

Elle l'aimait.

C'était une certitude.

Immobile, Natalia se força à respirer régulièrement en feignant de dormir. Elle voulait contempler l'homme qui avait éveillé son corps, son esprit et… son cœur.

Tout son être vibrait pour lui.

L'amour la métamorphosait.

Son attirance s'était renforcée au fil des jours, presque à son insu. Mais elle ne doutait plus de ses sentiments.

Elle brûlait d'envie de poser la paume sur sa joue, pour apaiser ses traits. Il paraissait tendu, concentré, même dans son sommeil.

Il portait en lui un lourd secret, depuis trois ans, avec une fermeté exemplaire.

Elle lui était reconnaissante d'avoir raconté l'histoire de la lampe et de son frère. Cela l'aidait, même si des questions demeuraient sans réponse. Il y avait encore des zones d'ombre dans son passé.

Sans plus résister, Natalia toucha son beau visage et approcha les lèvres tout près des siennes. Fermant les paupières, elle se remémora avec émotion ses baisers et ses caresses. Avec quelle patience Angelo l'avait initiée au plaisir !

Tout à coup, il ouvrit les yeux.

Confuse, elle s'écarta et retint son souffle.

La lueur qui brillait dans son regard n'était pas seulement du désir.

Mais de l'*amour.*

Elle attendit quelques secondes avant de parler.

— Je voudrais t'emmener à Vadelto.

— Pourquoi ?

— Pour te montrer quelque chose. Tu veux bien ?

— Peut-être le mois prochain.

— Non, tout de suite.

Elle voulait prolonger le plus longtemps possible cette nuit merveilleuse.

Il fronça les sourcils.

— Il faudrait d'abord prévenir ton père...

— Ce n'est pas la peine, nous n'irons pas au palais.

— Il fait encore nuit. Tout le monde dort. Le chauffeur...

— Nous n'avons pas besoin de lui. Tu conduiras.

Perplexe, Angelo finit par capituler.

— D'accord, je vais me changer dans mes appartements...

— Non. Habillons-nous comme hier.

— Mais...

— S'il te plaît.

Son ton implorant eut raison des hésitations d'Angelo. Il avait peur de cette urgence inexplicable. En même temps, il sentait lui aussi qu'il ne fallait pas rompre la magie de l'instant.

Natalia avait une idée derrière la tête. Intrigué, il se

rendit sans plus résister et se pencha pour effleurer ses lèvres d'un baiser.

— D'accord. Allons-y, princesse...

Les mâchoires serrées, le dos très droit, Angelo se tenait avec raideur au volant.

— Arrête-toi ici, dit Natalia.

D'un geste, il indiqua la forêt qui s'étendait à perte de vue.

— Nous ne sommes pas arrivés à Vadelto.

— Cela ne fait rien. Gare la voiture.

Elle détacha la ceinture de sécurité, ouvrit la portière et se glissa au-dehors.

Il pleuvait. Elle leva son visage vers le ciel éclairé par les premières lueurs de l'aube, ferma les yeux et passa la langue sur ses lèvres.

— Que fais-tu ? demanda Angelo, perplexe.

Un sourire béat illumina son visage.

— Je savoure simplement la sensation d'être *en vie*.

— Tu vas attraper froid, protesta-t-il en remontant la capuche de sa longue cape noire.

— Mais non, ne t'inquiète pas.

Elle se sentait si bien avec lui... Débarrassée de la surveillance étouffante de son père, mais en sécurité auprès de son nouveau protecteur, son mari.

— Tu viens ? lança-t-elle.

— Où ? Il n'y a rien par ici. Pas de chemin, pas de village, seulement la route où est garée la voiture.

Elle indiqua l'orée du bois.

— Il faut parfois s'aventurer hors des sentiers battus, surtout avec un bon guide.

Il plissa les yeux.

— Pas dans la forêt.

— Mais si. Fais-moi confiance.

Le cœur d'Angelo se serra. Normalement, c'était lui qui servait de guide, avec son frère comme avec elle. Pour une fois, les rôles s'inversaient.

Il congédia les gardes du corps qui veillaient toujours discrètement sur lui et suivit Natalia dans les sous-bois. Leurs pieds s'enfonçaient dans le sol humide, tapissé de feuilles mortes.

Manifestement, elle savait où elle allait.

— Où m'emmènes-tu, princesse ?

— Tout en haut de la butte. Nous y sommes presque.

Ils cheminèrent encore quelques instants, jusqu'à une clairière.

Natalia était venue là si souvent à cheval, avant son mariage... À présent, le roi de ses rêves l'accompagnait.

— Que vois-tu ? demanda-t-elle en lui tenant la main.

D'un geste large, il décrivit l'horizon.

— Le château où tu as vécu avant de m'épouser. Le pays de ton enfance.

— Et derrière nous ?

— Camalò.

Elle poussa un long soupir.

— Dès que je pouvais m'échapper de ma prison dorée, j'accourais ici.

— Pour admirer la vue ?

— Pour contempler l'étendue du possible, les changements à venir.

Ensemble, ils posèrent les yeux sur le palais de Camalò, de l'autre côté de la frontière.

— Tu pensais à mon frère ?

Elle hocha la tête.

— Même si je ne l'avais jamais vu. Contrairement à mon père.

Ils partagèrent un rire complice. Le récit de Natalia faisait écho à celui d'Angelo. C'était la même histoire, d'un point de vue différent.

L'histoire d'un roi et d'une princesse promis l'un à l'autre.

— Peu m'importait de le connaître, reprit-elle. J'aspirais seulement à la Couronne qu'il m'offrirait.

— Cela aurait pu être n'importe qui, observa Angelo sur un ton d'autodérision.

— Non. Ce ne pouvait être que *toi*, Angelo. Personne d'autre. Et je...

Elle se gratta la gorge pour parler d'une voix haute et claire.

— À cette époque, je pensais sincèrement que l'amour était source de souffrance et de destruction, et qu'il valait mieux faire un mariage de raison. J'avais une haute idée de mes devoirs, que je plaçais au-dessus de tout.

« Je me trompais. Certes, nos responsabilités de souverains occupent une place prépondérante dans nos existences. Mais nous les exerçons ensemble, en tant de roi et reine. Angelo et Natalia. Toi et moi. Nous formons un vrai couple. »

— Tu t'égares, princesse.

Elle secoua la tête énergiquement.

— Mon père m'a présenté une vision faussée et très

négative de l'amour. Replié sur lui-même et ses souvenirs, il m'empêchait de vivre. Il m'avait communiqué ses angoisses.

« Ce n'est pas son amour qui m'emprisonnait, mais sa peur et son chagrin. Je m'en suis affranchie grâce à toi. Au début, j'éprouvais seulement une attirance physique, instinctive... »

Angelo l'interrompit brutalement.

— Il n'y a rien d'autre entre nous, Natalia.

Il la lâcha pour se tenir devant elle en lui bouchant la vue. Elle s'en moquait éperdument et n'avait d'yeux que pour lui.

— Tu te trompes, dit-elle tranquillement.

Avec un petit rire, elle écarta les pans de sa cape.

— Arrête ! Tu es déjà trempée.

Sourde à ses protestations et malgré la pluie battante, elle jeta la cape dans l'herbe pour apparaître dans sa robe de bal.

— Tu es complètement folle !

Il avait peur. Autant qu'elle, la nuit dernière, quand la révélation de l'amour lui était apparue.

— Pas folle, *libre* ! s'écria-t-elle. Toi aussi, tu peux l'être, si tu le veux.

— Une reine digne de ce nom ne s'exhibe pas sous un orage en robe de soirée ! Partons.

— Non. Pas tout de suite. Écoute-moi d'abord.

Si seulement elle avait été poétesse ou romancière... Elle aurait trouvé les mots justes.

Elle prit son visage entre les paumes pour réclamer toute son attention. Les gouttes d'eau ruisselaient sur leurs cheveux.

— Cette nuit, tu as fait l'amour à la femme que je suis. Je sens encore tes baisers sur ma peau, ta présence au creux de mon ventre...

« Ce matin, nous avons remis nos vêtements d'hier, ceux du bal, où nous étions le roi et la reine. Mais au-dessous, nous sommes toujours Angelo et Natalia... »

Elle s'interrompit avec un soupir d'exaspération. Elle aurait voulu s'exprimer plus clairement.

— Tu as tort de vouloir séparer vie officielle et vie privée, reprit-elle. Nos titres ne nous transforment pas en personnages publics sans consistance. Nous restons les mêmes. C'est une erreur de croire le contraire.

Elle pressa plus fort les doigts sur ses joues, comme si cela pouvait le convaincre. Elle avait besoin de lui, de son amour.

— Ma mère était une roturière, poursuivit-elle. En épousant mon père, elle a accepté de tout partager avec lui, mais sans jamais rien renier de ses origines. Prenons-la en modèle. Soyons nous-mêmes, d'abord et avant tout, sans nous cacher derrière les apparences. Laissons-nous guider par l'amour. Nous sommes libres de nos choix.

Elle approcha ses lèvres tout près des siennes.

— Moi, je t'ai choisi en toute liberté, parce que...

Une émotion intense l'étreignit soudain. Inspirant profondément, elle trouva la force – et l'audace – de lui offrir son cœur.

— Parce que je t'aime.

Elle conclut son aveu en écrasant un baiser fou sur sa bouche.

Il fallait la repousser, songea Angelo. De toutes ses forces. Il ne voulait pas accorder foi à ces divagations. De quel droit se permettait-elle de lui parler de sentiments ?

Et comment osait-elle l'embrasser ainsi, à pleine bouche ?

Non seulement il ne résista pas, mais ses mains, malgré lui, s'enfouirent dans la masse de sa chevelure pour pétrir son crâne. Ce crâne qui abritait toutes ces pensées adorables, mais complètement extravagantes.

L'amour...

Non, il ne s'agissait pas d'amour, mais de désir sexuel. L'interdit attirait Angelo. Depuis toujours, il convoitait le fruit défendu.

Au prix d'un effort surhumain, il s'arracha à son baiser et la saisit par les coudes.

— Tu n'es pas amoureuse, grogna-t-il dans un rugissement féroce.

Il était au supplice. Ce déni annonçait la fin de son rêve et le retour à la dure réalité.

— Si, Angelo. Je t'aime.

Le tissu rouge de sa robe collait à son corps mouillé, laissant transparaître ses petits seins à la rondeur parfaite.

Il la poussa vers la lisière du bois, sous le couvert des arbres.

— Non ! s'insurgea-t-il avec rage. Tu ne me connais pas ! Tu confonds l'amour et le sexe.

Il éclata d'un rire sans joie.

— Pourquoi m'as-tu amené ici ? Tu voulais un décor grandiose pour ta déclaration ?

« Eh bien, c'est raté. Je ne crois pas un mot de tes beaux discours. Tu t'es laissé abuser par la découverte du plaisir.

Tant mieux si cette première fois t'a enthousiasmée. J'en suis heureux pour toi. Mais il ne s'agit pas de sentiments.

« Tu voulais garder les sensations qui te collaient à la peau. Maintenant, la pluie a tout lavé, tout effacé. Il ne reste rien. »

— C'est faux ! s'écria-t-elle avec ferveur. Nous sommes ici, toi et moi, dans cet endroit où je t'ai imaginé tant de fois. Désormais, je t'appartiens et rien ne sera plus comme avant. Tu m'as changée pour toujours. Je ne serai plus jamais la même.

— Certes, acquiesça-t-il en luttant contre l'envie de la serrer contre lui. Tu as perdu ta virginité et appris le plaisir de la chair. Dorénavant, tu sauras le chercher avec la même avidité que moi.

« Mais je prends sans rien donner en échange, princesse. Je suis mes penchants en parfait égoïste, sans me soucier d'autrui. Il m'arrive même de m'accaparer ce qui ne m'appartient pas.

— Je me suis donnée à toi librement. Tu n'as rien pris que je n'aie consenti. Ni autrefois dans le jardin du palais, ni après notre mariage. C'est *toi* que je cherchais. L'homme, mais aussi le roi. Je les veux tous les deux dans ma vie, Angelo. Tu es l'élu de mon cœur.

— Tu serais moins affirmée si tu me connaissais vraiment...

Une bile amère brûla la gorge d'Angelo. Malgré un regret cuisant, il devait redonner sa liberté à Natalia, *tout de suite*, lui ôter de l'esprit ces chimères absurdes.

— Tu ignores ce que j'ai fait. Luciano est mort à cause de moi, confessa-t-il brutalement.

— Comment cela ?

— Je suis un méchant, princesse. Un vaurien et un imposteur. Un monstre dont tu devrais avoir peur.

— C'est impossible.

— Si. Et j'ai flétri ton innocence en te séduisant odieusement. Par pur égoïsme.

Natalia secoua la tête avec véhémence.

— J'avais envie d'être séduite ! Je le voulais. Je l'attendais. De tout mon être.

— Tu es aveugle.

— L'amour est aveugle !

— Ne plaisante pas, s'emporta-t-il. Je ne veux pas entendre parler d'amour ou de sentiments. Entre nous, c'est purement physique et il n'y aura jamais rien d'autre.

— Quand bien même ! Qui te dit je ne m'en contenterais pas ?

— Arrête, Natalia. Tu oublies nos responsabilités. *Notre devoir.* Nous nous devons d'abord et avant tout à la Couronne.

« Tu te fourvoies sur mon compte. Complètement. Je t'ai manipulée de façon éhontée en exploitant ta naïveté. Je suis dangereux ! N'as-tu pas entendu ? J'ai causé la mort de mon frère. »

— Il est mort dans un incendie, je crois.

— Un incendie que j'aurais pu éviter.

— Comment ?

— Je n'étais pas là. Je l'avais abandonné.

— Il était adulte.

— Il avait besoin de moi.

— Mais toi ?

— Moi, je voulais être à sa place, avoua-t-il. J'en rêvais depuis toujours. En même temps, je savais que c'était impossible, tout comme il était impossible que tu sois un jour à moi. Lorsque j'en ai pris vraiment conscience, je suis parti. J'ai tout quitté.

« J'ai laissé mon frère affronter des responsabilités qui l'écrasaient. Sans moi, il était incapable de faire face. Le royaume s'est effondré, et lui aussi, parce que je lui avais retiré mon soutien. »

— Il aurait pu se révéler. Il est parfois difficile de se réaliser pleinement quand on agit sous la tutelle de quelqu'un d'autre.

Oh ! si seulement ! Il avait tant espéré que les capacités de son frère se dévoilent au grand jour... Malheureusement, il s'était produit tout le contraire.

— Non, Natalia. Il a été très mal conseillé. En partant, je l'ai privé de son seul confident et ami. Je n'ai pensé qu'à moi. Je me suis vautré dans la débauche et les plaisirs pendant qu'il perdait pied et accumulait les échecs.

— Tu n'étais pas l'héritier en titre, tu étais juste suppléant.

Cette vérité abrupte, dans la bouche de Natalia, le blessa cruellement. Pourtant, elle avait raison. Il n'était qu'un vil imposteur. La fausseté de son existence lui apparaissait encore plus crûment.

Je suis un infâme tricheur.

— Il était bien naturel que tu aies envie de vivre pour toi-même, continua Natalia. Pourquoi te serais-tu sacrifié en restant dans l'ombre ? Tu n'es coupable de rien. Il faut te tourner vers l'avenir, à présent, au lieu de ruminer le passé.

« Par notre mariage, nous avons la chance d'être ensemble et de nous soutenir l'un l'autre. Parlons à cœur ouvert, en toute franchise, comme tu aurais pu le faire avec Luciano. Il ne faut pas se replier sur soi. Moi-même, je regrette de ne pas m'être confiée davantage à mon père. J'aurais été moins malheureuse...

— J'ai tant de remords d'avoir profité de ta fragilité !

— Tu as été honnête avec moi, Angelo. La lampe...

— Je m'en suis servi pour parvenir à mes fins, rien de plus. Je suis fourbe, incorrigiblement. Toutes mes belles paroles, hier soir, n'avaient qu'un but, posséder ton corps, me l'approprier. Et maintenant que j'ai atteint mon objectif, que j'ai mangé le fruit défendu...

— Tais-toi, coupa-t-elle anxieusement.

— Non, écoute-moi, princesse. Nous devons nous soumettre à nos obligations royales. C'est la seule chose qui compte.

Il marqua une pause, chaviré par une idée qui lui traversait l'esprit.

— Tu es peut-être déjà enceinte du futur héritier de la Couronne...

Il avait furieusement envie de se jeter à ses genoux et de poser la joue sur son ventre.

Résistant avec la dernière énergie à cette impulsion, il serra les poings, jusqu'à enfoncer les ongles dans ses paumes.

— Ce qui est fait est fait, déclara-t-il d'une voix crispée. Inutile de nous appesantir là-dessus. Mais dorénavant nous cheminerons côte à côte. Et séparément.

Une douleur cuisante le lacéra intérieurement.

— Séparément ? lança Natalia.

Il hocha la tête. Elle savait tout, maintenant. Que pouvait-il ajouter ?

— Nous nous soumettrons à nos devoirs. Tel est notre destin. Le reste... n'a jamais existé.

— C'est trop injuste ! Tu n'as pas le droit de me faire souffrir ainsi...

— Cette souffrance n'est rien en comparaison de tout ce que j'ai enduré. À cause de *toi*, même si tu n'es en rien responsable. Si je n'avais pas éprouvé un tel désir pour toi, Luciano serait encore en vie.

Elle blêmit.

— Tu rejettes la faute sur *moi* ?

— Tu es mon point faible. Je dois réagir.

— Attends...

Il se raidit, prêt à subir la colère, les larmes et la déception de Natalia.

Elle demeura très digne, comme une vraie reine.

— Si tu as besoin de réfléchir un peu...

— Il ne s'agit pas de cela.

Elle ignora l'interruption.

— Il s'est passé beaucoup de choses, ces dernières vingt-quatre heures. Nous commençons seulement à nous connaître... Ce n'est pas ma faute si ton frère est mort. Mais il ne s'agit pas de moi.

— Si.

— Vraiment ? Je n'en suis pas persuadée. Nous avons plus de points communs que tu ne crois. Nous avons longtemps vécu dans l'ombre avant de nous retrouver en pleine lumière. Cette attente qui m'a paru interminable m'a aussi dotée d'une arme précieuse, la patience. J'attendrai le temps qu'il faudra.

— C'est inutile.

— Je saurai t'attendre, persista-t-elle.

Quelle détermination ! Angelo en avait le vertige. Pour un peu, il y aurait cru.

Mais il avait cessé de se mentir à lui-même.

Il se prépara à porter le dernier coup.

— Je vais repartir seul. Tu regagneras Vadelto avec mes gardes du corps et tu y resteras jusqu'à nouvel ordre. Je ne veux plus de toi. J'ai obtenu ce que je voulais. Tu ne m'intéresses plus. Ne t'avise pas de transgresser mes ordres, tu t'en repentirais.

L'image de son père dansa un instant devant les yeux d'Angelo. Maintenant qu'il était parvenu à ses fins et avait séduit Natalia, des missions plus nobles le réclamaient.

En souvenir de Luciano.

Pour le royaume.

Mais aussi par égard pour *elle*.

— Au revoir, Natalia.

Il lui tourna les dos et s'éloigna, guettant malgré lui le son de sa voix à chaque pas. Pourtant, la situation était sans espoir.

Il ne pouvait pas l'aimer.

Il ne voulait pas non plus de son amour.

Mais comme il avait mal ! En guerre contre lui-même, il avait déjà perdu la bataille trois ans plus tôt et n'entraînerait pas Natalia plus loin dans la déroute.

Pour la sauver, la préserver, il n'y avait qu'un seul moyen.

L'éloigner de lui.

11

Trois semaines plus tard…

On frappa trois coups à sa porte.

— Natalia ?

C’était son père.

Avec un grognement, elle roula sur le ventre et enfouit la tête dans son oreiller.

— Laisse-moi tranquille !

La porte s’ouvrit néanmoins. Choquée, elle se dressa sur son séant avec humeur.

— Père !

Jamais il ne s’était permis une telle intrusion…

Il s’approcha en lui tendant une enveloppe.

— Qu’est-ce que c’est ?

Les oreilles bourdonnantes, elle s’en empara d’une main tremblante en reconnaissant l’écriture. Tous les jours, elle guettait un signe qui ne venait jamais…

Un espoir fou lui gonfla le cœur.

— Sois prête pour 18 heures, dit le roi.

— Pourquoi ?

Elle déchira fébrilement l’enveloppe, qui contenait une

invitation pour des fiançailles, gravée en lettres d'or, à l'attention du roi Angelo et de la reine Natalia.

On la convoquait pour un événement officiel.

Il n'avait pas vraiment besoin d'elle, mais de son épouse. N'importe qui aurait convenu.

Comment se présenter à lui dans ces conditions ? Elle ne pouvait pas refouler sur commande ses émotions et ses sentiments, comme si de rien n'était.

Sa gorge se serra.

Elle était plus seule que jamais.

— Dis au roi que je ne me sens pas bien.

— Quelle est cette maladie mystérieuse qui te cloue au lit depuis plus de quinze jours et t'empêche d'apparaître en public ?

Natalia ne savait pas quoi répondre. Depuis son retour au château de Vadelto, elle n'avait fourni aucune explication.

Que pouvait-elle dire à son père ? Cet homme qui avait essayé de la protéger en l'enfermant dans une prison dorée, comme si le temps s'était arrêté pour toujours.

Elle avait repris tout naturellement ses vieilles habitudes, mais il était trop tard pour se croire hors de danger. Le pire était arrivé.

Elle avait imprudemment joué avec le feu. Un changement irrémédiable avait eu lieu. Il était impossible de revenir en arrière.

Démunie, Natalia n'avait pas les moyens de faire face toute seule au chagrin. La frustration la dévastait en permanence.

Elle se reprochait son impuissance.

Ce qui lui arrivait anéantissait tous ses rêves et

l'emplissait d'un effroyable sentiment d'absurdité. Pourquoi son amour n'était-il pas payé de retour ? Elle ne méritait pas une telle désillusion.

Un rire étrange lui échappa, qui ressemblait davantage à un sanglot ou un hoquet.

— Qu'as-tu ? demanda son père.

— Je viens seulement de comprendre ce qui m'arrive.

— As-tu besoin de consulter un médecin ?

Elle secoua la tête. Ce n'était pas la peine de mentir.

La vérité s'imposait.

— J'ai le cœur brisé.

Elle renifla bruyamment. Comment guérir de ce mal incurable ?

— Eh bien, secoue-toi, maugréa son père. Lève-toi, habille-toi et tiens ton rang.

— C'est-à-dire ? marmonna-t-elle avec une moue boudeuse.

— Fais ton devoir.

Angelo avait peut-être raison. La vie d'un monarque était tout entière remplie d'obligations, sans aucune place pour la faiblesse ou les émotions.

Pourtant, une tristesse infinie l'accablait.

Elle avait l'impression d'avoir touché du doigt un précieux trésor qui lui avait échappé au dernier moment. Il s'était volatilisé sous ses yeux, ne lui laissant qu'une désolation inconsolable.

C'était injuste de souffrir autant.

Natalia eut subitement l'impression d'être devenue comme son père, figée dans le passé, à demi morte.

Elle contempla cet homme qui avait sombré dans l'affliction en perdant l'amour de sa vie.

— Et toi, tu as toujours le cœur brisé ? demanda-t-elle.

Avait-il jamais cessé de souffrir, depuis vingt et un ans ? Parvenait-on à s'accommoder de la douleur ?

— Tu ne t'es jamais remis, n'est-ce pas ?

Son père se contenta de pincer les lèvres avec sévérité.

— Je comprends mieux, maintenant, ajouta-t-elle d'une voix abattue.

Il n'avait jamais pu nouer une vraie relation avec une enfant qui lui rappelait trop sa chère disparue...

— Que comprends-tu ? murmura-t-il.

— Ton chagrin. Parce que j'éprouve la même chose. J'ai perdu Angelo. À tout jamais.

Dès qu'elle prononça les mots, elle eut honte de cet aveu ridicule. Elle pleurait un amour qui n'avait jamais réellement existé.

Elle avait eu tort de se montrer trop impatiente. Elle n'aurait pas dû lui confier des sentiments naissants, qu'elle comprenait à peine.

— Je ne vois pas comment je pourrais reparaître à ses côtés en faisant comme si de rien n'était. Je serais incapable de le regarder en face alors qu'il me dédaigne et me prend de haut. Il ne veut rien accepter de moi.

— Comment oses-tu établir une comparaison entre toi et moi ? s'écria son père, rouge de colère. Mon deuil n'a rien de commun avec ta réaction puérile parce que tu t'es disputée avec Angelo. Il est vivant.

— Je...

— Ta mère est morte.

— Je ne le sais que trop ! s'écria Natalia. Il ne s'est pas passé un jour sans que je me reproche de lui ressembler. À cause de moi, tu n'as jamais pu l'oublier, n'est-ce pas ?

En plus, elle est morte par ma faute. Si je n'étais pas née, cela ne serait jamais arrivé.

Un muscle tressauta sur la joue du roi.

— Tu le penses vraiment ?

— J'en suis convaincue, soupira-t-elle.

— Eh bien, tu te trompes. Je t'ai toujours admirée et contemplée avec amour. Je donnerais tout pour le bonheur de ma fille chérie.

Elle éclata en pleurs.

— Malgré tout, tu ne peux pas t'empêcher de m'en vouloir. Tu as toujours veillé sur moi, mais maladroitement. J'ai été nourrie, habillée, éduquée comme une princesse appelée à régner. J'ai appris, à danser, à sourire, et tenir une conversation et à charmer mes interlocuteurs. Mais...

Elle redressa le menton avec un orgueil teinté de réprobation.

— Je ne sais pas aimer. Je peux seulement suivre le modèle que j'ai eu sous les yeux...

— C'est-à-dire ?

— Me désoler.

Une myriade d'émotions se succéda sur les traits du roi, son père.

— Je suis ton plus grand regret, n'est-ce pas ? hasarda-t-elle en essuyant les larmes qui ruisselaient sur ses joues.

— Pas du tout. Je ne regrette rien. Et surtout pas toi.

— Je lui ressemble tellement... Je suis son portrait vivant et son souvenir ne t'a jamais quitté.

— J'avais peur, expliqua-t-il.

Un masque douloureux déformait ses traits. Elle comprenait combien cet aveu lui en coûtait. Car la même peur l'habitait. Il la lui avait transmise, et la même fatalité s'était abattue sur elle.

Dépossédée de l'amour de sa vie, inconsolable, elle n'arrivait pas à se relever et renouer les fils de son existence. Tout lui paraissait futile et dénué de sens.

— Je suis tellement désolé, poursuivit son père. Je t'ai surprotégée en dressant autour de toi des remparts contre le monde extérieur. Pour te garder près de moi. Je ne supportais pas l'idée de te perdre toi aussi. Je mesure seulement aujourd'hui mon erreur.

« Je ne t'ai pas rendu service. J'aurais dû t'armer pour te battre, au lieu de te livrer sans défense à un sort funeste. »

— Je ne me sens pas vraiment faible. Plutôt à vif, très émotive. Mais...

Elle haussa les épaules.

— Je ne t'en veux pas. Je te suis même reconnaissante, au contraire.

— *Reconnaissante ?*

— Oui. Angelo m'a changée. Je ne suis plus la même. Quoi que l'avenir me réserve, je serai plus forte pour affronter les épreuves. Il faut avoir vécu un peu, et souffert aussi, pour être une reine digne de ce nom. Cela n'aura pas duré longtemps, mais j'ai entrevu le bonheur. Je l'ai senti. J'y ai goûté. Comme ma mère.

— Ta mère ? répéta le vieux roi avec émotion.

Natalia lui sourit.

— C'était une femme exceptionnelle, n'est-ce pas ? Et courageuse, qui ne reculait pas devant le danger. Elle a mené à terme une grossesse à risque, en toute lucidité.

Natalia clarifia ses pensées, acceptant enfin de formuler tout haut ce qu'elle savait depuis longtemps.

— Tu n'as rien pu faire pour la protéger. Portée par un appétit de vivre indomptable, elle refusait de se reposer. Infatigable idéaliste, elle voulait avant tout réaliser ses ambitions de réformes pour notre pays.

— Elle portait très haut le flambeau de nos rêves, acquiesça son père. Avec en plus un charisme extraordinaire. Tout le monde tombait sous son charme.

« Je la croyais immortelle, comme une déesse miraculeuse, surhumaine. Sa présence me rendait si fort... Invincible. Son amour était tout pour moi. »

— Sa mort t'a dessillé les yeux, n'est-ce pas ? Tu as compris que rien n'était éternel...

Il hocha tristement la tête.

— Mais tu es devenue ma raison de vivre quand le monde s'effondrait autour de moi, Natalia. Elle t'a laissée à moi en héritage, comme une preuve ultime, éclatante, de notre amour. Si c'était à refaire, je n'hésiterais pas une seconde. L'amour est un cadeau des dieux.

— Angelo ne m'aime pas.

Avec cet aveu, une digue se rompit et Natalia enfouit son visage entre ses mains avant d'éclater en larmes.

Son père la prit dans ses bras, et elle se mit à sangloter.

— Tu n'es pas obligée d'y aller, ce soir, l'assura-t-il.

Un soulagement immense l'envahit.

— Merci.

Elle n'était pas prête. Pas encore. Le devoir attendrait. Il lui fallait du temps pour panser ses blessures, guérir et s'entourer de remparts protecteurs. Alors seulement, elle reparaîtrait devant le roi Angelo.

Quand elle se serait endurcie sous une cuirasse, le

moment serait venu de braver son destin sans peur et sans regret. Pour correspondre à ce qu'il voulait.

Une reine.

Et seulement une reine.

— Prends tout le temps qu'il te faut, Natalia, lui dit son père.

Elle se détendit entre ses bras, acceptant enfin cet amour paternel imparfait et distant, mais pourtant réel.

À l'avenir, c'est ainsi qu'elle aimerait Angelo.

Elle ne viendrait pas.

Angelo s'était préparé à tout sauf à cette éventualité.

Il ne savait pas comment réagir. Ses pieds refusaient d'avancer vers l'hélicoptère qui l'attendait. Son esprit, comme déconnecté, ne fonctionnait plus normalement.

— Quelle excuse a-t-elle donnée ? demanda-t-il d'une voix altérée, méconnaissable.

Une émotion intempestive lui nouait la gorge. Il s'était pourtant promis, depuis longtemps, de ne pas donner prise aux sentiments. Il avait gommé de sa mémoire la douceur de son intimité avec Natalia.

Menteur ! Comme si tu pouvais l'oublier !

Angelo vivait un enfer.

Il ne rêvait que d'une chose, se coucher dans le lit où ils s'étaient aimés et enfouir le visage dans son oreiller pour respirer l'odeur de Natalia.

C'était un désir presque irrépressible, auquel il n'avait résisté qu'au prix d'un effort surhumain. Il méritait seulement de continuer à souffrir. Parce qu'il lui avait fait trop de mal. *Délibérément.*

Son aide de camp courba humblement la tête devant lui.

— Le palais de Vadelto vous adresse ses regrets. La reine ne se sent pas bien.

— Comment cela ?

— Rien de grave, Votre Majesté. Un rhume.

Angelo se raidit furieusement. Comment osait-elle un prétexte aussi banal pour refuser de répondre à son appel ? C'était inconcevable.

Pour un peu, il se serait déplacé en personne pour la rappeler à ses devoirs.

Il demeura prostré, anéanti.

C'était peut-être ce qu'elle recherchait ? L'obliger à se manifester ?

Il ferma les paupières. Non, Natalia était incapable de le manipuler. C'était son interprétation à lui, parce qu'il était ainsi, fourbe et déloyal.

Et il s'était montré tel qu'il était, avec ses pires défauts. Quelle honte...

En dépit de ses belles promesses, Natalia ne l'attendrait pas indéfiniment. Elle ouvrirait forcément les yeux à un moment ou à un autre. Son innocence ne résisterait pas devant la preuve de son ignominie.

Tôt ou tard, les sensations de leurs nuits merveilleuses s'estomperaient. Elle finirait par l'oublier en dépit de l'incroyable alchimie sexuelle qui les poussait l'un vers l'autre.

Elle le verrait alors tel qu'il était.

Un imposteur.

Un usurpateur.

Qui sait si elle n'avait pas déjà changé d'avis à son

sujet ? Tout était fini. Elle ne voulait plus de lui. La lucidité l'avait rattrapée.

Désormais, Natalia n'aurait plus besoin de lui et compterait uniquement sur ses propres forces.

Angelo rouvrit les yeux. Il fallait se rendre à l'évidence.

Il n'y avait pas d'alternative.

Dans trois quarts d'heure, il arriverait au royaume de Tinto, un pays minuscule niché au cœur des Alpes, pour assister aux fiançailles du souverain, son allié diplomatique.

Seul.

Sans Natalia.

C'était ainsi. Tout allait bien.

Il avait eu tort d'imaginer autre chose.

La fête battait son plein. Les invités bavardaient avec animation et le champagne coulait à flots.

Perdu dans ses pensées, Angelo contemplait distraitement le tourbillon des robes du soir sous les lustres étincelants. Que faisait-il ici, parmi ces étrangers, sans Natalia ?

Remarquerait-on l'absence de son épouse ? Peut-être pas. L'événement n'avait pas une portée considérable.

Lui, en tout cas, éprouvait un profond malaise, comme une perte d'équilibre.

Natalia lui manquait.

Il fléchit les doigts en imaginant sa petite main dans la sienne et serra les poings pour ne plus sentir ce fourmillement insupportable.

Il fallait l'oublier.

Elle ne voulait pas de lui. Il devrait être soulagé, puisqu'elle s'était délivrée d'un poids qui aurait fini par l'écraser.

Il n'arrivait pas à la chasser de son esprit. Comme tout aurait été différent, avec Natalia…

Malheureusement, elle n'était pas là.

Angelo retint son souffle. Il était trop tard pour s'échapper. Des yeux verts le fixaient avec insistance. Déjà, le vieux roi fendait la foule et se dirigeait vers lui. Les gens s'écartaient sur le passage de son beau-père.

Angelo se redressa avec raideur sur son siège, tandis qu'un souvenir affleurait à sa mémoire. Au cours d'une soirée londonienne, alors qu'il était étendu, à moitié ivre, sur un canapé, quelqu'un s'était approché pour chuchoter à son oreille. Il n'oublierait jamais cette scène, et les mots resteraient à jamais gravés en lui.

Il s'était dégrisé instantanément. Le roi son frère était mort…

Angelo se leva. Malgré ses pieds fermement plantés sur le sol, un tremblement l'agitait intérieurement. Une immense lassitude l'étreignait, se diffusant dans tous ses muscles.

Incapable de proférer un son, il se prépara au pire, sans toutefois oser poser la question. La réponse le terrifiait.

Une horrible nouvelle allait le foudroyer, encore une fois.

Natalia était…

— Non ! supplia-t-il avec l'énergie du désespoir.

Natalia était probablement tombée malade après leur folle escapade dans la forêt, sous la pluie. Il n'aurait jamais dû l'écouter. C'était lui le coupable, le responsable. Comme pour son frère, il n'avait pas su la protéger.

Il ferma les paupières. Son image s'imposa. Elle ne l'avait jamais quitté.

Natalia.

Sa reine intrépide, qui lui offrait tout ce dont il n'était pas digne. Son soutien.

Son amour.

Une main se posa sur son épaule.

— Mon fils ? Tout va bien ?

Il rouvrit les yeux et les plongea dans ceux du vieux roi.

— Elle est dévastée par le chagrin, déclara ce dernier.

Les jambes d'Angelo se dérobèrent sous lui.

— Elle est vivante ?

— Évidemment ! lança le vieux monarque en le rattrapant par le coude.

Ils s'assirent l'un en face de l'autre, sans parler.

— J'avais peur... qu'elle soit très malade, commença Angelo au bout d'un moment.

— Elle a surtout le cœur brisé, expliqua le père de Natalia.

Angelo retint son souffle. Comme il aurait aimé la serrer contre lui, la rassurer, chuchoter à son oreille des mots insensés, si incongrus pour lui...

Des mots d'amour et de dévotion.

Le vieux roi indiqua d'un geste la foule des invités.

— Que faites-vous ici ?

— Je m'acquitte de mes obligations officielles.

— C'est sans intérêt. Il ne faut pas céder à la facilité. Tout est faux, dans ce monde où les gens n'existent qu'en fonction de leur richesse et leur pouvoir. Ils ont oublié l'essentiel.

— C'est-à-dire ?

— L'authenticité des relations humaines. On juge très sévèrement les conditions de vie dans mon royaume, qui peut effectivement paraître arriéré, trop traditionnel... Je comprends la soif de progrès de feu mon épouse, que ma fille veut perpétuer. Mais mon peuple a foi dans les vraies valeurs. C'est une force.

— De quoi parlez-vous ?

— De l'amour.

Angelo le regarda sans comprendre, mais le vieil homme poursuivit obstinément.

— Ces gens, autour de nous, imaginent tout connaître parce qu'ils évoluent dans les hautes sphères du pouvoir. En réalité, ils ignorent le plus important. Mes sujets ne sont peut-être pas très riches, mais ils fondent leur existence sur la famille, les traditions séculaires. Ils vivent pour l'amour de leurs proches. Il n'y a là rien de spectaculaire. Personne ne les applaudit. Pourtant, ils montrent l'exemple.

« Celui que j'ai suivi, d'abord avec ma femme, ensuite avec ma fille. »

Il balaya d'un geste le grand salon d'apparat.

— Elles m'ont conforté dans l'idée que tout cela est sans intérêt. De la poudre aux yeux.

Angelo exhala un soupir.

— Vous avez fermé vos frontières délibérément ? Pour préserver vos sujets des influences extérieures ?

Le père de Natalia hocha la tête.

— À la mort de mon épouse, je me suis concentré sur ma fille, mon bien le plus précieux. Elle m'a donné la force de continuer à vivre. Sans elle, je me serais tué. Je lui ai appris à se passer du superflu.

Angelo jeta un regard circulaire. Que signifiait toute cette opulence, en effet ?

Obnubilé par la puissance et la réussite, son propre père avait raté l'éducation de ses fils. Et sa mère les avait abandonnés à cause de cet échec.

L'exercice du pouvoir les avait tous écrasés.

Angelo comprit qu'il n'était pas seul responsable de la mort de son frère. Ils étaient tous victimes d'un système où chacun en oubliait d'être humain.

— Malheureusement, elle est brisée, dit le vieux roi.

— Brisée ? répéta Angelo faiblement.

— Finalement, j'ai échoué à la protéger. Pourtant, je l'aime plus que tout au monde...

Le père de Natalia plongea le regard tout au fond de celui d'Angelo.

— Et vous ?

12

La pleine lune illuminait le parc d'une lumière blanche, irréelle. Dans le ciel, le bruit d'un hélicoptère se rapprocha. Natalia n'y prêta aucune attention. Son père l'utilisait souvent.

Effleurant du bout des doigts le feuillage d'une charmille, elle poursuivit sa flânerie dans ce jardin où elle s'était crue si longtemps prisonnière.

C'était là qu'Angelo l'avait vue pour la première fois.

Elle se remémora son histoire, *leur* histoire, là où tout avait commencé, même s'ils ne s'étaient pas vraiment rencontrés. Angelo non plus n'était pas libre, à l'époque. Il souffrait et se sentait indigne d'être aimé pour *lui-même*.

Natalia ferma les paupières et offrit son visage à la brise nocturne. Que de chemin parcouru depuis ! Sa discussion avec son père l'avait rassérénée et définitivement réconciliée avec sa propre image. Elle ne doutait plus de ses sentiments, même douloureux, et se savait assez forte pour les assumer pleinement.

C'était tout simplement merveilleux de se sentir *en vie* ! Même si elle n'avait pas été capable de partager son exaltation avec Angelo la nuit où elle l'avait emmené dans la forêt.

C'était beaucoup trop tôt.

Ces trois semaines lui avaient permis de mûrir. Elle avait confiance en l'avenir. Même s'il était impossible de transmettre à Angelo ce qu'elle avait appris, elle pourrait au moins lui montrer la force de son amour au quotidien. Les grandes déclarations viendraient plus tard.

Angelo finirait lui aussi par changer et accepter d'évoluer.

Les sentiments se renforçaient au fil du temps. Il fallait être prêt pour les accueillir. Elle attendrait.

Un bruit strident la tira de ses réflexions. Elle rouvrit les yeux et tourna la tête. Sur l'aire d'atterrissage, Angelo descendait de l'hélicoptère. Les cheveux en désordre, le nœud papillon défait autour de son col de chemise ouvert, il avait les traits tendus, horriblement fatigués.

Elle faillit se mettre à courir pour se jeter à son cou et couvrir de baisers son visage adoré. Mais non, il ne fallait pas. Figée sur place, elle le regarda approcher.

Quand il s'arrêta, elle résista à l'envie de le toucher, pour s'assurer qu'elle ne rêvait pas. En dépit de ses belles résolutions, elle avait peur. Aurait-elle la force de l'aimer malgré lui ?

Il leva la main, mais elle recula au même instant. La gorge nouée par l'émotion, elle l'interrogea du regard. Que faisait-il ici ?

Il venait sans doute la rappeler à ses devoirs de reine... Elle se cantonnerait sagement à ce rôle.

— Tout s'est bien passé ? lança-t-elle. La fête était réussie ?

Comme il se contentait de hausser les épaules, elle redressa le menton.

— Tu n'avais pas besoin de te déplacer jusqu'ici. J'ai conscience d'avoir manqué à mes obligations. Cela ne se reproduira plus.

Il restait muet.

Elle était au supplice.

— Ne t'inquiète pas, je serai à la hauteur, à l'avenir.

Contre toute attente, il mit un genou en terre.

— Peu importe... Ce n'est pas la question.

Que se passait-il ? Elle tendit les bras pour l'aider à se relever.

— Angelo...

— Non !

Ravagé par une émotion incontrôlable, il écarta les pans de sa chemise. Puis il prit la main de Natalia et la posa sur son torse.

— Que sens-tu, princesse ?

Un rêve fou étreignit Natalia, mais elle n'osait y croire. Avait-il compris ce qu'elle avait tenté de lui dire dans la forêt sans vraiment trouver les mots ?

Un frémissement la parcourut.

— Je ne sais pas..., bredouilla-t-elle.

— Un petit effort, princesse.

— Ton cœur ?

Il hocha la tête.

— Je sais enfin pourquoi il bat. Ou plutôt pour *qui*.

— Ne me donne pas de faux espoirs, l'implora-t-elle.

Elle craignait encore un malentendu et restait prudemment sur ses gardes.

— Écoute-moi, reprit-il. Pendant longtemps, seconder

et aider mon frère a représenté ma seule raison de vivre. Jusqu'au jour où je suis parti, bourrelé de remords...

— Pourquoi regrettais-tu ta décision ?

— Je manquais de loyauté envers une personne que j'aimais. La jalousie m'aveuglait. Quand j'ai succédé à Luciano sur le trône, j'ai pris conscience de la vanité de ce pouvoir que je lui enviais.

Natalia écarquilla des yeux étonnés. Angelo s'épanchait avec une honnêteté rare, totalement inaccoutumée.

— En réalité, maintenant que je remplace mon frère jumeau, je devrais me sentir comblé et je ne le suis pas, poursuivit-il. En apparence, j'ai réalisé toutes mes ambitions et j'ai tout ce que je désirais. Mais toi seule suffirais à mon bonheur. Parce que je t'aime.

— Tu m'aimes ? répéta-t-elle, abasourdie.

— Oui, depuis le premier instant où je t'ai aperçue dans ce jardin. Mon cœur t'a reconnue immédiatement, bien avant que mon esprit l'accepte comme une certitude absolue, irrévocable. L'amour nous destinait l'un à l'autre. De toute éternité.

Il parlait en poète et prononçait des paroles qu'elle n'avait pas été capable de formuler.

Par amour.

— Pardon de t'avoir fait souffrir, ajouta-t-il. Je t'ai repoussée avec une violence et une brutalité inexcusables, indignes de moi. Je me cachais derrière un masque parce que...

— Tu avais peur, suggéra-t-elle.

— Ce n'est pas une raison.

— Je te pardonne, chuchota-t-elle d'une voix rauque. À présent, il faut aussi que tu fasses preuve de clémence envers toi-même. Tu n'es pas responsable de la mort de Luciano, pas plus que je ne suis coupable de celle de ma mère. Ils ont mené leurs existences comme ils l'entendaient, en faisant leurs propres choix. À nous maintenant de décider pour nous-mêmes.

— Je...

— N'en dis pas davantage pour l'instant. Je suis rassurée sur l'essentiel.

Elle s'accroupit devant lui avec une impatience fébrile et prit son visage entre les mains.

— Tu m'aimes, murmura-t-elle, bouleversée. Depuis toujours et pour toujours. C'est magnifique...

Leurs fronts se joignirent.

— Je te promets d'être attentif au moindre de tes désirs.

— Et moi aussi. Chaque jour de notre vie.

— Dans l'intimité ou en public. Quelle lâcheté de ma part, d'avoir voulu séparer les deux... Si j'avais été plus lucide, avec toi comme avec Luciano...

Elle voulut le réconforter, adoucir ses regrets.

— On ne peut pas changer le passé, seulement l'accepter et repartir de zéro en faisant de meilleurs choix. Ensemble, nous serons plus forts.

— Parce que nous nous aimons, acquiesça-t-il. J'ai besoin de toi, Natalia.

— Je serai toujours là à tes côtés.

— Nous nous sommes choisis pour la vie, en toute liberté.

Épilogue

Cinq ans plus tard...

La Rolls-Royce noire franchit les grilles dorées et s'arrêta dans la cour de la petite gare de montagne.

Les applaudissements et les acclamations retentirent. La foule agitait des étendards rouge et bleu, aux couleurs d'un nouveau drapeau. Les anciens royaumes de Camalò et Vadelto, autrefois séparés par une frontière, formaient à présent un seul pays, réunis par l'amour du couple de souverains, le roi Angelo et la reine Natalia.

Le cœur de cette dernière se gonflait de joie et d'orgueil à l'issue d'un voyage qui la ramenait à son point de départ, au sommet de la montagne où elle avait si souvent rêvé d'un avenir meilleur.

Angelo, son époux bien-aimé, l'accompagnait. Ils étaient l'un pour l'autre une source inépuisable de bonheur et de force d'âme.

— Tes espoirs sont comblés, princesse ?

— Absolument.

Rayonnante, elle posa la main sur son ventre qui s'arrondissait de jour en jour.

— Je suis la plus heureuse des femmes, ajouta-t-elle, transfigurée.

Une lueur de désir s'alluma dans les yeux d'Angelo, comme chaque fois qu'il la regardait.

— Je suis tellement content que nous ayons attendu ! s'écria-t-il. Et enchanté à la perspective d'avoir des jumeaux. Nous les élèverons dans un esprit de partage et de respect mutuel.

Natalia se pencha tendrement vers lui.

— Bien sûr.

Ils se comprenaient parfaitement. L'harmonie et la bonne entente ne les empêchaient pas de se quereller parfois, mais sans jamais ébranler leur confiance. La rancœur et les regrets n'avaient plus aucune prise sur eux. Ils finissaient toujours par se réconcilier et ne craignaient plus les blessures d'amour-propre.

Ils partageaient tout et avaient une foi absolue en l'avenir. Ensemble, ils formaient une équipe à toute épreuve et un couple véritablement uni. Grâce à eux, leurs deux peuples connaissaient une prospérité inégalée ailleurs dans le monde.

Angelo prit les doigts de sa femme entre les siens et déposa un baiser au creux de sa paume.

— Je t'aime, Natalia Dizieno. Éperdument.

— Je sais, répondit-elle tranquillement.

Il lui en apportait des preuves quotidiennement, depuis cinq ans.

Dans l'intimité, il se montrait toujours aussi fougueux et passionné, même s'ils se réservaient aussi du temps pour bavarder et se distraire. Aucune zone d'ombre ne subsistait.

— Je suis fier de toi, déclara-t-il en indiquant la foule massée devant le podium dressé pour l'occasion. Sans toi, cette liaison ferroviaire n'aurait jamais existé.

— Je n'en suis pas si sûre ! protesta-t-elle en riant. J'en ai simplement eu l'idée. Pour la mettre en œuvre, j'avais besoin de ton aide précieuse.

Avec ses nombreux tunnels et viaducs, la nouvelle ligne de chemin de fer constituait un véritable exploit de la modernité. Le nouveau royaume s'enorgueillissait d'autres réalisations de pointe, ainsi que de nombreux centres de formation et d'éducation. Les touristes affluaient, conquis par les infrastructures hôtelières dans des paysages grandioses.

Pour l'inauguration de ce premier train transalpin, le roi Angelo et la reine Natalia voyageraient seuls. Ils se réjouissaient à l'avance de célébrer secrètement leur cinquième anniversaire de mariage.

Leurs rêves étaient devenus réalité, au-delà de toutes leurs espérances.